創約

とある魔術の禁書目録

インデックス

鎌池和馬

イラスト・はいむらきよたか

デザイン・渡邊宏一(2725 Inc.)

序章　イヴの最初に交差点で　Prepare_for_Xmas_Eve!

〉〉一二月二四日、午前〇時〇〇分
〉〉東京西部、学園都市、第七学区駅前繁華街

三枚羽根のプロペラがぐるぐると回っていた。

この街ならどこにでもある風力発電のものである。

横殴りの雪が襲いかかる深夜の街を、総勢二〇〇人近いサムライ達が歩いていた。

「それにしても、何がクリスマスよ。こんなのブラック過ぎるわ……」

失礼、厳密に言えば名門お嬢様学校常盤台中学のキラキラお嬢達であった。そんな一角、ブレザー制服の上から分厚いダッフルコートで身をくるんだ御坂美琴（生脚）は唇を青くしながら、どこか遠い目をしていた。雪の夜に生脚だからかもしれない。生の脚だもの。

「死ぬわ、これ。普通に死ぬ」

「お姉様。気を強く保たないと本当に向こう岸へ辿り着いてしまいますわよ」

イヴだっつってんのにアジアンなたとえが抜けないのは、傍らを歩いているツインテールの後輩、白井黒子である。

誰もが浮かれるクリスマスイヴがやってきた。一時期海外ニュースで巷を騒がせた、デジカメを見つけたら勝手に自撮りを始める森の動物だってこの環境に放り込めば楽しむ事を学ぶだろう。だというのに明かりの一つもなく、水たまりが凍りつくほど寒くて、そしてお嬢様方は色も味もない学校行事に明け暮れていた。

夜空をゆっくり流れている飛行船のお腹に張り付いている大画面はこう語っている。

二四日の天気は全体的に晴れますが、始まりと終わりの深夜帯はそれぞれぐずつくかもしれません。予想最低気温は氷点下五度。わあ、もしかしたらホワイトクリスマスが期待できるかも！

「もう降ってるわよ、凍って死ぬ」

「死という単語からいったん遠ざかりましょうお姉様。イヴはもう始まっているのですから」

そう。

雪が降ったからどうだと言うのだ。歴史と伝統ある名門校にとって、クリスマスとは『厳かで』『静粛で』『清らかな』日付でしかない。浮かれ気分などどこにもなかった。野外特別奉仕活動、すなわち街のゴミ拾いの真っ最中である。二四時間耐久ウォークラリーの変種だと思っていただければ幸いだ。カンペキ義務教育の範疇を超えている。

隣を通り過ぎていくドラム缶型の清掃ロボットがいつもよりうるさい音を出していた。おそらく融雪用に、ドライヤーに似た温風を地面に当てる機能が追加されているのだろう。……溶かすのは良いが、そのままにしておくとかえって路面が凍りそうではあるのだが。

パン屋さんにあるのとは似て非なる、ゴミ取り用のトングで地べたに落ちた何かを掴む。積もり始めた雪が織りなす凹凸のせいで清掃ロボットのセンサーが見逃してしまっているのだろうか。摘んでみればクリームパンのビニール袋だった。しかも食べかけのままのパンが入っていて、白と黄色の中間くらいの色合いのクリームがぐにゅっとはみ出ている。最悪であった。燃えるゴミ燃えないゴミでなく、ナマがやってきた。こればっかりは一二月の寒空に感謝だ。凍っていなかったらもっとひどいビジュアルになっていたはずだし。

分別は後で行う。サンタクロースと違って夢も希望もないごみ袋に戦利品を放り込みつつ、美琴はため息をついていた。

「ぐのー。別に常盤台はミッション系とかじゃないのに、どうしてこう、あちこちからツギハギのようにレアリティやステータスを注入しようとするのかしら」

「……それを言ったらそもそも海の向こうからやってきたクリスマスというイベントそのものを否定する事になりかねませんけれど」

「学園都市って基本的に科学信仰の権化でデジタルな無神論じゃなかったっけ」

「それ以上ゆったらイヴ中止にして帰りますわよ」

「テメどっちの味方だよ⁉」

「女の園で目一杯カラダを温め合う側に決まっているでしょう⁉　具体的にはお姉様と‼」

返しがぶっ壊れているので論点がズレてしまいそうだ。

しかし御坂美琴にとってこの危機は最大のチャンスでもあった。彼女とて、年に一度のこの日を刑務所みたいな灰色の行事で平坦に潰されていくなんて真っ平御免である。

全校生徒が一度に外へ出ているのだ。

迷子のふりを装ってはぐれるなら今しかない。

ふと、背筋を指先で縦になぞられた。

耳元でそっと囁かれる。

「(みさーかさん☆)」

気がつけば真後ろに誰かが張り付いていた。ここで振り返るほど美琴は愚かではない。ガラスのウィンドウへ目をやれば、長い金髪の少女がさり気なく密着している。

食蜂操祈。

学園都市第三位の美琴に対する第五位の超能力者。精神系においては最強の『心理掌握』の使い手である。

声には出さず、美琴はウィンドウに目をやったまま唇だけを動かした。

「(……アンタの『心理掌握』があれば先生達なんて簡単に洗脳できるんじゃあ？)」

「(そんなの向こうも把握済みよお。艦砲クラスの火力を持った思春期女子を素手で叩きのめす先生方のアクセサリーにご注目。胸元のネクタイピンに二ミリのカメラレンズ、あるいはメガネが丸ごとモバイルグラス。人間の目と機械の目を併用して死角力を潰しに来ているわ)」

よっての共闘。

常盤台の先生は、あの少数で強大な能力者の集団を御する術を構築している。力のゴリ押しが通用すると思っているほど御坂美琴も甘く見てはいない。

機械に強い美琴と精神に強い食蜂。普段は犬猿の仲であるお嬢二大トップが手を結ぶには相応の理由というものがあるのだった。

「(それにしても、御坂さんてば迅速ねえ。とっとと逃げ出したい私達にとってはオトナの先生達よりも『空間移動』を使うカタブツ風紀委員ちゃんの方がおっかないし。早めに首根っこ押さえてくれて助かるんダゾ☆)」

「……、」

「(なあに、まさかここまできて罪悪感でも湧いてきたの？ 言っておくけど、私も派閥の子は置いてきたわ。どう考えたって集団行動は速度の遅延と悪目立ちしか生まない。情にほだされれば失敗して、みんな揃って廊下で正座の灰色力全開のクリスマスが待っているわよお)」

分かっている。

分かってはいるのだ。

しかし隣で鼻歌を歌いながら上機嫌で歩いている白井黒子には何の罪もないではないか。彼女は彼女なりに、ルームメイトの美琴と楽しくクリスマスを過ごす段取りを決めているのかもしれない。それを無碍にするのが本当に正しい行いか。自由と義理の間で揺れる美琴がチラリと隣へ目をやると、こちらに可憐な横顔を見せる後輩は口の中でこう呟いていた。

「うへへ年に一度の特別な日はお姉様と二人きりええそうですとも先生方は厳戒態勢を敷いて学生寮からの脱走を防ぐはずですから私が何もせずとも疑似監禁状態が成立しますわイヴとクリスマス当日、四八時間にわたってお姉様は私だけのもの誰の目にも入らない秘密の密室で何がどうなろうが外から邪魔が入る恐れは一切ないのですつまり愛しのお姉様を縛り上げて床に転がして目隠しとヘッドフォンとさるぐつわで五感を奪い特製オイルをたっぷりと使ってうふぐふへ大人の階段どころか人間辞めちゃう×××の壁をどばーんと突き破って

「食蜂、今すぐゴー」

途中で遮るように美琴は宣告した。

直後に後ろで張り付いていた食蜂操祈が肩に掛けた小さなバッグからテレビのリモコンを取り出し、何も知らない（妄想まみれの）白井黒子の後頭部に軽く押し当てる。

音もなくスイッチを押すだけで、栗色ツインテールの頭がわずかにブレた。

精神系では最強。

しかしあまりにも応用の幅が広過ぎて自分でも制御が難しいため、テレビやレコーダーなど各種のリモコンを自己暗示めいた『区切り』として取り扱う、食蜂操祈（しょくほうみさき）の『心理掌握（メンタルアウト）』。

当然ながら、

「おいっ」

金髪少女がバッグに手を伸ばした時点で、『能力の詳細を知っている』引率の女教師にも緊張が走った。彼女は強い声で、反射的に呼び止める。

「白井、どこでそんなリモコン拾った？　レコーダー本体は投棄されてなかったか⁉」

「はい？」

リモコンに注目したが、論点がズレている。

しかしズレが生じた事に女教師は気づいていない。

「リモコンと言われましても、これはかまぼこ板ですわよ？」

だがツインテール少女が呆（あき）れた顔で振っているのは板チョコの空き箱である。

「いいや確かにあれはリモコンだった。どこかにあるはずだ、必ず！」

「かまぼこ板でしてよ」

「リモコンだろっ‼」

不自然なくらいどうでも良い事にこだわりまくる二人。

一方で、本当に本物のリモコンを手にしている蜂蜜色の少女はくすくすと笑っていた。もちろん両者の視界の中だが、誰にも言及はされない。相変わらずと言えば相変わらずだが、悪趣味な事この上なかった。

生徒と教師で軽く言い合いになった事で隊列が乱れ、世間知らずのお嬢様達がわらわらと集まってきた。元凶である食蜂は片目を瞑って、

「モバイルグラスはあ？」

「干渉済み」

行方を晦ますにせよ、作業に使っているトングや中途半端にゴミを集めた袋はポイ捨てできない。よってこちらはロボットでも発見できる表通りに置いておきつつ。

ここからが本番だ。

美琴はしれっと答えると人混みを避けて雑居ビルの隙間にある路地へ入る。

自分のものと一緒に、ついてきた食蜂の右足首をロックしていたGPS発信機を取り外すと近くで山積みしてあったビールケースの隙間に投げ込む。後は金髪少女のくびれた腰に両腕を巻きつけると、そのまま垂直に跳んだ。磁力を操る力を使って鉄筋コンクリートの壁を足場にして、一気に五階建ての屋上まで辿り着く。まるでスクラップ工場で廃車を持ち上げるクレーンについた、巨大なリフティングマグネットのようだ。

これが学園都市の超能力。

電気、薬品、暗示。ありとあらゆる科学的アプローチを用いて『当人が見ている現実』を歪める事で、通常ではありえない偏った量子力学的観測を意図して行い、ミクロな観測からマクロな現象を生み落とす異形のテクノロジー。

「まだまだ第一ステップってところダゾ☆」

食蜂は屋上の手すりから身を乗り出しながら呟いていた。つい先ほどまで彼女達がいた路地には、複数人のお嬢様が慌てた様子で駆け込んできていた。今度は常盤台最大の規模を誇る食蜂派閥の、親衛隊とも言えそうな高位能力者達だ。

ビルの屋上まで上がっても安心はできない。せいぜい五階建て、追っ手がこちらに気づけば垂直の壁を一秒で駆け上がる方法などいくらでもある。

「わざわざ危険を冒してまで常盤台の監視網から脱走したいって事は、あなただって二四日と二五日は思い切り自由力を満喫したいんでしょう？　だったら気合いを入れないといけないわねえ」

「うーん、食蜂」

「まあもっとも？　御坂さんみたいにお胸の貧相な子が一人クリスマスの街に解き放たれたって周り全員恋人だらけの大通りで寂しい思いをするだけかもしれないけどねえ？　ぷふふう」

「他にも色々追っ手を振り切るコースはあったのに、どうして真っ先にビルの屋上を選んだと思う？」

はい？　と金髪少女が何度か瞬きした。

御坂美琴という悪魔はニタリと笑って即答した。

「やる事やったら速攻で縁を切って一人で逃げるためよ？」

「ああっ⁉　ちょ、みさかさっ、まさかこんな所に私を置いていくつもりぃ⁉」

ようやく気づいた常盤台のクイーンが急に慌て始めたが、美琴は笑ったまんま屋上の端から飛んだ。もちろん一人で。強大な磁力を借りてビルからビルへ気兼ねなく飛び移れるのは、彼女が学園都市第三位の超能力者だからだ。第五位にはできない。

「あーっはっはあ‼　一人で罪を被って廊下で正座の灰色クリスマスを過ごすが良いわ食蜂ッ！　完・全・勝・利‼　ぶわはははははーっ‼」

「ぜっ、絶対ヤル‼　ほんとに根っこの根っこから根絶してやるわあ御坂さあーん‼‼‼」

全力の泣き言には舌を出すしかなかった。

どうせ向こうだって適当に逃げ切ったら美琴を裏切る気は満々だったろう。所詮は犬猿の仲、利害だけで結び付いた協力態勢など長くは保たない。

下から見れば真っ暗だった学園都市も、改めて上空から観察してみれば電飾の海で埋め尽くされていた。住人の八割が学生という学園都市は終電終バスが出る時間もかなり早いはずだが、それでも大学生や教師達は夜の街を満喫しているらしい。常盤台の先生方は、そうしたものが目の毒になると考えてわざと寂れたエリアだけ選んだ巡回コースを作っていたのだろう。

「っ」

ようやく実感が追い着く。

自由自在のクリスマスが始まったのだと。

「〜〜〜っっっ!!」

圧倒的な解放感にぶるると幼い背筋を震わせたため、危うく制御を失ってそこらのビルの壁に激突するところだった。革靴の底を壁面に押し付け、磁力を使って速度を殺しながら地上の街並みへと降りていく。

両手を上に上げ、背筋を伸ばして、改めて御坂美琴は自由な夜の空気を全身で浴びる。

クリスマスの繁華街なんて恋人だらけというイメージがあった美琴だったが、実際には多種多様だった。女友達数人で固まってカラオケボックスに吸い込まれていくところを見かけたし、兄妹や姉妹でホールケーキの箱を抱えて学生寮に帰る姿もあった。厚紙のパッケージを見る限り、雪だるまの親子が主人公の海外製3DCGアニメ映画をモチーフにしたデコレーションケーキらしい。生年月日や血液型からラッキーカラーを導き出す流行りもののカスタムドーナツが作り出す長蛇の列の中には、普通にお一人様も少なくなかった。

(ふうん。バレンタインもチョコレートの扱いが大分変わったってニュースは良く聞くし、そんなものなのかな……)

もちろん小中学生が深夜〇時の街を笑顔で歩いているなんてまともな状況ではない。そう、二四日はまともな日ではないのだ。教師達の中から志願して治安維持を務めるオトナの警備員達も、ＳＵＶを改造したらしき指揮官車の上からメガホン片手に何か叫んでいる。

『ケーキを買って帰るのは構わんがこの場で食うのは買い食いとみなす。繰り返す、買って帰るまでだ！　ピピピピーっ‼　そこのバカップル、手を繋ぐまでは見逃すがお姫様抱っこは禁止‼　せっかくの二四日を補導されて留置場で過ごしたいかーっ⁉』

　カタブツの塊みたいな先生さえこの調子だった。携帯電話やスマホで撮られる事が前提なのか、どうにもお説教がパフォーマンス臭い。

　見るのも耐えがたいようなバカップルも大量にいるのだが、この分だと少なくとも一人で街を歩いているだけで変な注目を浴びる心配はなさそうだ。

　御坂美琴にも食べたいもの、やりたい事は色々ある。

　街の時計を見れば深夜〇時。

（自由にできるのは最大でもイヴと当日の四八時間ってとこか。とりあえず一人で遊べるところは今の内に全部消化しちゃって時間を潰しつつ、朝になってからになるかしら。流石に今からあの馬鹿のケータイ鳴らして押しかけるのもね）

　しれっと頭に浮かんで、だが直後にハッと我に返る美琴。

　背伸びはしたい。試してみたい事だってたくさんある。少なくとも大人達に管理されたクリスマスなんて真っ平だ。……しかしやってみたい事リストの相方として、何故『あのツンツン頭』が真っ先に浮かぶ？　そしていったん浮かんだら固定して外れない⁉　いやまあ確かに何にでも振り回せる男の知り合いなんてヤツくらいしか候補がいないのは事実だが‼

（いやいや）

ショーウィンドウを見るのはやめよう、と美琴は思う。

より正確には、そこに映る今の自分の顔だけは。

（いやいやいや‼　これは、そう、とりあえず置くだけ。マネキンみたいなものだから！　クリスマスにやってみたい事がある、そのために相方が必要。ただそれだけの話だし……っ‼）

しかしもうイヴは始まっているのか。

夢見る少女の前に、いきなりのミラクルがやってきた。

横切ったのだ、目の前の交差点を。

なんか全裸の幼女を抱えた上条当麻が、鬼の形相の全力疾走で。

「な……」

思考が止まった。

しかし現実の時間はそのままだった。美琴が硬直して置いてきぼりにされている間にも、見知らぬ幼女をお姫様抱っこしたツンツン頭の高校生は走り去っていき、その後を無数の不良どもが追い回していく。

「なななななあ!?　ちょっと待って、アンタ、イヴの日に一体何やってんのよお!?」


何をやっているかと聞かれても、上条当麻にだって答えようがなかった。

問題、自分は何をやっているのだろう？

全裸。

今度は全部ハダカの女の子である。

いくら不幸体質っつってもモノには限度ってもんがあるだろう。

「くふふ」

腕の中の幼女はどろりと濁った瞳で、唇を三日月みたいに裂いて笑っている。ミルク色の肌にイチゴのような色の髪が特徴の、一〇歳くらいの小さな女の子……なのだが、善良とも無垢ともかけ離れた、その童顔にはあまりに不釣り合いなわるーい表情が浮かんでいた。

当人はお姫様抱っこしてもらってご満悦らしい。

シーツ？　ドレス？　ともあれ、申し訳程度の薄っぺらな赤い布を両手で胸元にかき抱いたままダウナーな上機嫌で裸足の両足をぱたぱた振って、

「うふ、うふふふふ。流石は恋人達のイヴね、完全に形が壊れている。予想もできない刺激に事欠かないわ。くふふふふふ」

「ちょっと待ってこんなのおかしいよ。いきなりキャラが濃過ぎるもん。今度は何だっ、隕石に張り付いて地球へ遊びにやってきた外宇宙の女王様か何かかーっ⁉」

近くのコンビニへ出かけたのだ。

裏でなんかガサゴソしてるなと思って覗いてみたのだ。

幼女がいたのだ。

しかも彼女の小さな手で気紛れにスマートフォンを向けた先に……ATMの光ファイバーに小細工して利用客のカード番号や暗証番号をごっそり盗み出そうとしていた大変インテリな（笑）不良どもが溢れ返っていたのだ。

ちなみにこの子は身ぐるみを剝ぎ取られた訳ではない。

出会った時からこうだった。悪い子はこのまんま夜の街を堂々と歩き回り、物陰からこっそりスマホを構えて、自分の意思でダウナーに状況を楽しんでいる。

学園都市は大丈夫なんでしょうか？

『てめっ、待て‼　今なに撮った、待てぇ‼』

『あわわまずいよ兄貴アレ動画サイトに上げられちゃったら俺達ぃ‼』

『手錠と拳銃持ってる警備員の心配をしろっ‼　つか危険度で言ったら向こうの方が特濃だ

ろ！　なのに何でオレらが悪者お⁉』

冬でもタンクトップの人達は元気であった。多分装備リストの中にズボンとかパンツとかの他に『分厚い筋肉』っていうのが別枠で存在する。そして今時は『何ガンつけてんだよ』も随分とスマート化したらしい。スマホでやる事がないからと言って、あんまり見境なしにあれもこれもと撮りまくっているとケンカの引き金になりかねないのだ。特に犯罪の瞬間とか！

せっかくのイヴに何やっているんだ、と上条は思う。

こっちも向こうも‼

「冬だよ、雪降ってんだぜっ？　この吐く息も真っ白な中でお前何してんの⁉」

「別にこの季節だからという訳ではないのよ。早く春にならないかなと考えているくらいだし」

「……、」

「あら？」

子供は何も見ていないようでいて、実際には些細な空気の変化に敏感だ。裸足の両足をぱたぱたしていた幼女の動きがわずかに止まった。

春の話なんかついていけない。

何故なら夏より前の記憶がないから。

……しかしこれを彼女に言ったところで何も改善しない。今のところ、欠けているのは思い出だけで文字の読み書きや勉強の内容まで忘れている訳ではないので、日々の生活には困らないのだし。上条当麻は意図して呼吸を調整したが、それでもこの季節だ。白い息として可視化されてしまうのは心の一端を覗かれているようでよろしくない。

でもって、

「どうやって逃げ切るつもりなの？」

どろり幼女（？）が三日月みたいな笑みで問いかけてくる。

たかが幼女、されど幼女。余計な荷物を抱えたままの上条にはどうしてもハンディキャップがある。単純な直線での全力疾走だと追い着かれそうなのであちこちジグザグに細い路地や曲がり角を何度も曲がり、距離よりもまず追っ手の視線を切って見失わせる方向に注力していたのだが、

『どこだっちくしょう‼』

『車出せ車！　自動運転の待機させてたろ、逆サイドから回り込め‼』

『今ドローン飛ばしたぜぇ……。天空の眼は全部見てる、捕食者の網からは逃げられねえぞクソ野郎が‼』

（えーん、馬鹿にハイテク渡すとろくな事にならねえ‼　これなら森でデジカメ見つけて自撮りを始めたサルの方がまだマシだっ‼）

あとなんか一人だけいつまでも中二心を忘れない人が交じってるようだ。できれば無害な美少女であってほしかったが。

しかしまあ、そもそも事の発端からしてコンビニATMからお店の裏まで伸びてる光ファイバーをいじくっていた輩だ。学園都市の超能力開発で落ちこぼれの無能力判定を喰らった反動で、小手先の技術や小道具に傾倒してしまったのかもしれない。

ただ一方で、

(相手はテクノロジー頼みで、使っているのは自動運転の車と頭の上のドローン。そうなると、だ)

「地下鉄っ!!」

これで同時に振り切れる。

学園都市の終電終バスそのものは完全下校時刻に設定されているため早々に運行が止まってしまうが、構内店舗や連絡通路としての機能はかなり遅くまで活きている。上条は全裸の幼女を抱えたまま下りの階段を一気に飛び降りると、ようやっと眩い肌のお荷物を床に下ろした。

屈んで目線を合わせる。

不幸慣れしている上条には分かる。生き死にに関わる場面は、必ずしもドラマチックにできているとは限らないと。どれだけ馬鹿馬鹿しくても、真面目に取り合わなければ命を落とす。ピリついた空気を素直に信じろ、ここはそういう場面だ。

「いいか出口は六つあるが全部無視しろ。ここの連絡通路をそのまま走れば隣の駅まで繋がっているから、そっちの階段から地上に出ればドローンの監視エリアの外に出られるはず。俺が西側であの馬鹿ども引き付けておくから、お前はその間に隣駅の階段を上って大人達の集まっている場所まで駆け込むんだ。地上の路線と合流してるでっかい駅なら大抵警備員(アンチスキル)の詰め所があるし、今日は二四日、広場にパトロールが出てるから安心して良い。分かったか？」

「お兄ちゃん怖いよう」

「うるせえなこの野郎‼　これ以上の譲歩はナシだッ‼」

「そして随分と作戦会議が長引いたわね。こんなにおしゃべりしている余裕はあったかしら」

「……？」

ようやく上条当麻(かみじょうとうま)が違和感に気づいた時だった。

ガかッッッ。

ドおおオオオオオオン‼‼‼　と。

腹に響く、凄(すさ)まじい轟音(ごうおん)が炸裂(さくれつ)した。

前後左右ではない。上から、だ。

ビリビリと、鼓膜というより頬(ほお)を叩(たた)かれるようなその恐怖は、五メートル以内にある大木へ雷が落ちた時と似ているかもしれない。

雷。

高圧電流。

だが出血も火傷もなかった。ここは地下鉄駅だ。当然も当然だが、頭の上は分厚い地盤で塞がれている。すぐさま思い至らなかった辺り、スタングレネードでも浴びたように意識が数秒混濁していたのかもしれない。

そう、外で何かあったのだ。

上条はコンクリートの天井に目をやって、

「……お前はここにいろ」

何か、とてつもないイレギュラーが起きている。これまでの、闇雲に逃げれば何とかなるレベルの話ではない。まず観察してルールを把握しなければ間違いなく死ぬ。これだけ科学万能の世の中で、そんな『予感』が見えない針のように上条の背中の真ん中にずぶずぶと埋まってくるのが分かる。

息すら殺して、少年は冷たいコンクリートの階段へ足を乗せる。

一段。

二段。

三段。

少しずつ地上へ向かうにつれて、ピリピリと全身の肌を薄く刺すような感覚が増していく。最初は緊張感のなせる業かとも思ったが、違う。物理的。スイッチを消したはずの蛍光灯が夜光塗料のようにぼんやりとした光を浮かべていた。空気そのものが帯電しているのだ。

鼻につくのは、わずかな異臭。

嗅ぎ慣れない、どこか消毒めいた印象を与える臭気の正体は……オゾンか何かか。

気取られてはならない。

頭ではそう分かっているはずなのに、生理現象を止められなかった。上条当麻の喉がごくりと動いてしまったのだ。

そして。

だから。


「ねえ」


それは、少女の声だった。

それしかなかった。3Dプリンタで作った非金属のナイフや警棒、あるいは弓矢まで。ハイテクを極めた馬鹿どもは、たった一つの影の周りでゴロゴロと転がり、そのまま動かない。なんか内側からトラバサミのように大きく開いている金属の塊は……まさか、自動運転の車か何かだろうか？

そして全ての元凶。

　何かしらの理由で街灯をやられたのか先ほどと比べて随分と暗かった。青白い鬼火のようなものが揺らいでいるのは、セントエルモの火、先端放電か。よくよく見てみれば、三枚羽根の風力発電プロペラの先っぽがぼんやりと光っていた。

　だけど蛍の光だけで夜の森を全部照らすのは難しいように、一点は光っていても全体は闇に呑まれたままだ。

　だから中心に立つ何者かは最初、シルエットしか見えなかった。

　パリッ、と。

　誘蛾灯みたいな音を立てて青白い紫電が弾け、最大で一〇億ボルトに達する膨大なエネルギー源の正体が明かされる。

　茶色のショートヘア、勝ち気な瞳、小柄な体軀。

　常盤台中学のもこもこダッフルコート、その下に制服の短いスカートの裾と眩い生脚をさらしている勝ち気な少女の正体は、

「御坂……？」

「全体的に説明をしてほしいんだけど」

　こっちの台詞である。どうしてこんな真夜中に名門お嬢様学校の女子中学生が学生寮を抜け出して夜の街を徘徊し、何の脈絡もなく不良集団を高圧電流でのしてしまったのだ？　大仰な計画を立てるだけが凶悪事件の全てではない。何かの弾み程度で人を死に至らしめる凶器があ

ちこちに散乱している状況なのに。

あるいは。

彼女にとってはこの程度、脅威にすら感じないのだろうか。

無能力者、低能力者、異能力者、強能力者、大能力者、そして超能力者。

街の八割、実に一八〇万人を一律で分類する六段階評価の、まさに頂点グループ。

学園都市で七人しかいない稀有な才能の持ち主。

中でも第三位、『超電磁砲』。

純粋な発電系であれば最強とされる少女にとっては。

「いやあの、説明って言われたって……俺だって事件に巻き込まれて逃げ回っていただけで何が何やらな状況なんだよ。それでも無能力者は無能力者なりに頑張ってここまで逃げ延びたんだ。だかr

言葉は終わらなかった。

ドガッシャア!!　と、音の塊というよりは空気の絶縁を破って解き放たれた衝撃波が上条の全身を叩く。あれだけやって、美琴はまだ当てる気ではない。今のは、ついうっかり。力の制御を誤って前髪の辺りからぐにゃぐにゃの紫電の塊が飛び出しただけだ。

あれだけでも、まともに当たっていれば人が死んでいたかもしれないが。

そして上条当麻も死ななかった。

ぱりっ、と。

顔の前にかざした右手の掌で、光の残滓が弾ける。推定出力一〇億ボルト強、並のレーダーなら傍に寄れば余波だけで火花を噴き出す。にも拘らず何の絶縁性能もない血と肉の掌だけで打ち消してしまったのだ。

これが、

「無能力者……？　ふざけんじゃないわよ……」

可憐な少女にしては、俯いているにせよあまりに低い声があった。

とある少年が持つ唯一の力、『幻想殺し』。

効果は右手の手首より先だけだが、その効果はあらゆる異能を打ち消すというもの。

上条当麻の眼差しも好戦的な色を帯びていく。

「だから穏便に、お互い持ってる情報を出して探り探り状況を確かめようって言おうと思っていたんだけど、そういう雰囲気じゃあねえか……。ああもう、こういう力業は最後の最後まで取っておきたかったんだがなあ!!」

「……穏便に、ですって……」

俯いていた少女が、何か繰り返すように呟いていた。

そしてようやっと顔を上げる。

いよいよ第三位の眼光が真正面から少年を射貫いていく。

「穏便って事はないでしょ何なのよあの裸の女の子アンタ今日が何の日か知ってんのクリスマスイヴはもう始まっているっていうのに一体何をどうしたらそんな道に突っ走るっていう訳変態界に燦然と輝く一番星にでもなりたいの馬鹿なの死ぬの探り探りって裸の幼女を暗く冷たいじめじめした地下に連れ込んで一体何を探って確かめるつもりだったのよ何とか言ってみなさいって言ってんのよおーっっっ!!!!!!」


あらいやだ、と上条は心の中で思った。

どうしよう。セレブな通り魔少女の方がまともな事を言っている。

知らぬ間にすげえー遠くまでやってきてしまったのかもしれない。

そして呆然と立ち尽くす上条当麻の真後ろから悪魔がやってきた。なけなしの薄い布を片手で胸元にかき寄せたまま、素っ裸の幼女が少年の腰の横にひっついたのだ。

三日月のように笑みを引き裂いたまま。

パニックで両目がぐるぐる回っている御坂美琴の目の前で。

「お兄ちゃん怖いよう」

「なっ」

「早く怖いのやっつけて。そうしたらヒミツの夜歩きしましょうね？　うふふ、年に一度のクリスマスイヴはまだまだ始まったばっかりなんだから」

「……っ!!」

上条が声もなく総毛立った直後だった。

御坂美琴からなんか出た。

というより、軽く全方位へ青の大爆発が巻き起こった。

行間 一

人口およそ二三〇万人、内八割が学生。

東京都の三分の一を占める巨大な学園都市では、周囲をぐるりと囲む壁の外とは全く異なるルールがいくつもある。例えば治安維持は警察の代わりに街全体では教師側の警備員(アンチスキル)、個別の学校では生徒側の風紀委員(ジャッジメント)がそれぞれ管轄しているところなどが顕著だろう。

つまり体育担当の女教師・黄泉川愛穂(よみかわあいほ)は同時に手錠や拳銃を自由に操る権限を持った警備員(アンチスキル)を兼任している。普段はどんな時も緑色のジャージで出かけては罪を犯した少年少女を透明な盾で笑いながらどつき回し、しかし相手がどんな強大な能力者であっても子供に銃だけは向けないと固く誓っている彼女だが、今日だけはルールの一つが破綻していた。

ジャージではなく、黒のスーツだったのだ。

残りのルールが破られない事を、彼女は強く願っていた。

本当に強く。

「こちらです」

案内の者の冷たい声に促され、黄泉川愛穂は何度も折れ曲がる通路を歩いていった。迷いやすいし、台車なども運びにくいだろう。思想としては大昔の武家屋敷と一緒だが、刀や槍を振り回しにくくするためではない。目的は屋内戦闘用ドローンの自由な移動を妨げるためだ。あちこちに電波や赤外線を乱反射させる障害物がそうとは見えない形で織り込んであるし、床には無意味な段差などもある。おそらく善意からまとめられたバリアフリー用の資料を逆手に取って、車輪や履帯では乗り越えにくい設計にしてあるのだ。

技術だけなら簡単なように聞こえるかもしれないが、現実の建築は推理小説のナゾ館のようにはいかない。車椅子や松葉杖での通行をわざと困難にさせるような設計など国が許すはずもないのだ。つまり、ルールを踏み倒してでも襲撃に備えなくてはならない『何か』がこの先に眠っている。

防犯カメラはなかった。

逆に、乗っ取られて外部に情報をばら撒いてしまうリスクを避けているのかもしれない。

複合装甲の大扉の前には、案内の者とは別に見張りの男が佇んでいた。彼は、日がな一日ここにいるだけの人間なのだろうか？　扉の横にパイプ椅子が置いてある。

黄泉川は眉をひそめて、

「……見た事ない顔じゃんよ」

「でしょうね。あなたにはその権限がありませんから」

「となると、一二人しかいないとかいう統括理事辺りのお使い？」

貝積。

親船。

亡本。

潮岸。

薬味。

……その他、数々の『伝説』の保有者の話であれば黄泉川も断片的には聞き及んでいる。地球上の科学技術の全てを掌握している学園都市、その権力の頂点グループに君臨する一二人の怪物達。ただ彼女の知っている話が本当に本物なのかどうかは分からない。どれもこれも宇宙人とコンタクトを取っている黒服と同程度の荒唐無稽さであり、しかも黄泉川としては、真相はそれ以上だと身構えている。警備上最も重要なＶＩＰのくせに、誰が死に、誰が代替わりしているのかさえはっきりとしていないときた。

「いいえ」

しかし、じっと機械的に待機していた男は否定した。

その上で、

「一人しかいない、統括理事長です。それ以外のご命令は受け付けておりません」

「……、」

次元が。

さらにもう一つ繰り上がる。

無言の黄泉川に対し、男は起伏のない声でこれだけ口に出した。

それは半ば命令であった。

「ボディチェックを」

「入口でもしたじゃんよ……」

「お早く」

銀行のATMよりも言葉が少なかった。学歴、技術、健康状態の他、徹底的に身辺や素行の調査も行われているはずだが、『何を命令されても疑問を持たない』という項目が必須事項として並べられているに違いない。

黒いスーツ姿のまま黄泉川が軽く両手を上げ、待機していた門番が何か棒状のものを取り出した。道路工事で車を誘導する時に手で振るカラフルな誘導灯に似ているが、違う。テラヘルツ波を使った探知機だ。合成樹脂のお仲間を使う3Dプリンタでサブマシンガンやアサルトライフルが誰でも気軽に作れる世の中になってから急速に普及したもので、これなら金属製品以外でも服の中の異物を『透視』できる。

能力だけが学園都市の恐ろしさではない。

この街に住むわずか二割の大人達は次世代技術を用いて、それら八割に及ぶ異能を手にした子供達を御する立場にある。

「携帯電話は預からせていただきます」

「勝手にするじゃんよ」

「ネクタイピンは一度外してください。こちらはスカートのサイドファスナーですか」

「ブラのホックまで没収するつもり？」

正面も背中も全部なぞられて、それから男は無機質に述べた。

「結構です」

大仰な扉が開いていくが、中には何も待っていなかった。もう一つ、全く同じ扉が待っている。わざわざ二重扉にしてあるのはセキュリティ上の都合の他、見張りをしている男達でさえ『中』を覗くのは許されないからだろう。

黄泉川が狭いスペースに踏み込むと背後の扉が閉められ、それを確認してから二枚目の扉のロッドが外れていった。

奥にあるのは狭い部屋だった。それで相手は満足しているらしい。

あるのは透明なテーブルと安っぽい椅子が二つ。

そしてこの部屋には窓がない。

「……お久しぶりじゃん」

黄泉川愛穂はそっと息を洩らすような格好で、それだけ呟いていた。

色の抜けた白い髪の持ち主は椅子に体を投げ、テーブルの上に放り出した足を気軽に組んでいた。その赤い瞳でもって、来訪者をジロリと見返す。

「で、わざわざこんな私をご指名してくださるとはどういう風の吹き回しじゃんよ？」

歳(とし)については一〇以上離れているかもしれない、しかもその間には成年と未成年の壁すらある。だが敬意を払うべきは黄泉川愛穂(よみかわあいほ)の方だった。慣れないスーツがそれを端的に示している。

畏怖。

そして残念がるように。

黄泉川愛穂(よみかわあいほ)は相手を役職付きで、こう呼びかけたのだった。

「学園都市新統括理事長・一方通行(アクセラレータ)さん？」

第一章　まるで遊園地のような　Red_Wear,Big_Bag,and_Flying_Sledge.

1

夢であって欲しかった。

だが、寝不足の頭と全身の筋肉痛が昨夜の出来事は現実であったとしっかり証明してくれている。

「……不幸だ」

学生寮の一室で上条当麻(かみじょうとうま)はぽつりと呟(つぶや)いていた。

ガラステーブルの上には電源ケーブルと繋(つな)がった携帯電話がホルダーで立てかけてあった。目で見ただけでは分からないが近接無線で部屋のテレビとリンクしていて、大きな液晶にケータイの映像をそのまま転送している。

ビデオチャットであった。

今月の通信容量をガリガリ削る格好で映し出されているのは、身長一三五センチ、ピンク髪の謎過ぎる女教師・月詠(つくよみ)小萌(こもえ)。しかも日付が日付だからか、今日はミニスカサンタでお出迎えであった。検索エンジンのトップページみたいに節操のない先生である。

『はーい。それじゃあ出席日数が全く足りてねぇ上条(かみじょう)ちゃんのための、小萌先生(こもえせんせい)の特別課外授業が始まりますよー？』

声は飴玉(あめだま)みたいに甘ったるいが、若干の毒があった。カンペキな笑顔も怖い。二四日と言ったらすでに冬休み、生徒はもちろん先生にとっても貴重な連休だ。オーラである。そいつをぶっ潰された怒りと鬱憤がどす黒い香水でもまぶしたように全身から噴き出ていた。

「お互い学校まで行くの面倒臭いなら補習なんて開かなきゃ良(い)いのに……」

『これ開かないと上条(かみじょう)ちゃん問答無用で二回目の一年生送りなんですけどそれで良ければ。えとえとどうします？　多分二周目ならこの先起きる事は何でもお見通しの俺ＴＵＥＥＥライフが待っていると思いますけどー』

「是非とも補習でお願いします!!　絶対そんな甘酸(あまず)っぱいもんじゃないよ現実の二周目ＴＵＥＥＥなんて！　ただただ遠巻きに見られるだけだよっ!!」

そんな訳でお休みの日まで勉強である。学園都市とはその名の通り学校の街。カップルでカラオケボックスに入り、オプションのジョークグッズは鼻メガネを選ぶかネコミミカチューシャを選ぶかできゃーきゃー言い合う並の繁華街とはやる事が違う。

……そっちに行きたい、切に願ってもよろしいか？

『学園都市製の超能力の根幹には量子力学があります━。これは原子よりもさらに小さい陽子や電子、さらに言えば強い力、弱い力、重力、電磁気力の四つの力の振る舞いを説明する段において効果を発揮するものなのですが、同時に一般生活の中で観測がもたらす変化を自覚する事はほぼありません。リンゴに消えろと念じても実際に消える訳ではありませんからね━。言ってみれば虚数のようなもので、それがないと説明できないが、それそのものを実感する機会はない、といった感じでしょうか。……通常ならば』

文句だらけの補習授業だったが、始まってしまえばやはり本職の先生だ。すらすらと流れるような言葉でありながら、重要な単語だけ抑揚を変えて上条(かみじょう)の頭に引っかかりを残してくる。

おかげでノートを取り、蛍光マーカーで色をつける作業も苦にならない。変な達成感がついてくるので、手動マッピングのRPGでダンジョンの構造を暴いていくような気分になる。

……何もイヴだけの特別授業という訳ではなく小萌先生(こもえせんせい)はいつも教室でこういう丁寧な授業をしてくれているはずなのだが、今さら新鮮な驚きを感じている辺り、いよいよ上条当麻(かみじょうとうま)の出席日数が知れるというものであった。

『学園都市製ではここを強引にずらす事で、ニュートン力学では説明できない現象を引き起こします。いわゆる超常現象。薬品、電気、暗示、ありとあらゆる手段を使って人が世界を見るための認識を歪(ゆが)め、普通ではありえない観測結果を強引にもたらす技術。それをミクロの領域のみならずマクロの世界にまで持ち出す事で、超能力は実現するのですー、ジジ』

「ん、あれ？　小萌先生？？？」

なんか今、映像がカクカクになったような。

嫌な予感がして上条が話しかけたが、サンタコスの女教師は気にする素振りもなかった。あるいはこちらの声が届いていない？

『この、認識を歪めるための、ざざ、フィルターのようなものが「自分だけの現実」なのですが、これについては……千差万別で、一人として同じフィルターはありません、じじざり。能力開発の難しいところですね。ザザザザザ!!　ですけど大丈夫っ！　この世に無駄な才能なんてありませんっ!!　今の上条ちゃんが無能力判定だろうが何だろうが、ざざっじ!?　必ずやその長所を伸ばして……ジジジザリザリガガガ……ッ!!』

「待って待って待って。何が起きて、うわあーっ!?」

上条当麻は絶叫していた。

テレビ画面が完全に固まって数秒経ったと思ったら、まさかの黒一色に白の英文字だらけと化した。訳の分からん英文がずらずらと出てきて、ついでにカウントダウンが続いている。何かしらの選択肢を選ばなくてはならないらしい、猶予は一〇秒。

というか、逆に新鮮だった。

あったんだ。パソコンならともかく、ケータイOSにクラッシュ画面……。結構簡単に割れる液晶画面を筆頭にハード面の脆さはともかくとして、ソフトウェア方面は割と頑丈で、トラブッたら気軽に再起動すればいいやくらいに思っていたのだが。何だかいつも気丈だった管理人のお姉さんが風邪で寝込んで弱ったところを見てしまった気分だ。いっそ、ちょっと可愛らしい。

ついでに携帯電話のクラッシュ画面は例の青一色ではなかった。さっきも言ったが黒である。こんな非常事態までスタイリッシュ（笑）とか完全にふざけている、見えない所のオシャレか。こっちについては汗を拭いてあげようとしたらなんか意外な下着を見てしまったようだ。気まずい。お、お姉さん……ッ!! あなたほんわかキャラだと思っていたのに!!

「……、」

そして上条が馬鹿げた事を考えて逃避している間に一〇秒が過ぎてしまった。テレビとケータイのモニタが同時に真っ暗になり、そこからうんともすんとも言わなくなってしまう。

なんかの罰みたいだった。

最新鋭のケータイOSは優柔不断男がお嫌いなのかもしれない。普段はほんわかだけどどこか妖しい香りを隠しきれないお姉さんにまで愛想を尽かされるとか、いよいよこの人生には希望がない。

「えぇーっと……」

途方に暮れた。

でもって上条当麻(かみじょうとうま)は部屋の隅で三毛猫と遊んでいた少女にこう話しかけた。

「インデックス、ちょっと外に出ようか？」

2

インデックス、という少女がいる。

正確には Index-Librorum-Prohibitorum……禁書目録。

一見すると長い銀髪と白い修道服が特徴の、やや幼児体型の香りが漂う小柄な少女ではあるのだが、実際には一〇万三〇〇〇一冊以上の魔道書を完全記憶した『魔道書図書館』としての役割も持っているけったいな人物であった。所属はイギリス清教第零聖堂区『必要悪の教会(ネセサリウス)』。何のこっちゃだが、どうやら学園都市の壁の外に広がる大きな世界にはそういうモノがあるらしい。

魔術。

科学を極めた学園都市が世に送り出す超能力とは対となる、もう一つの異能。

「くりすますーだっ、くりすますうー♪」

やたらとクリアな冬の青空の下、足元には昨日の雪がまだちょっと残っているほどの寒さだというのに、当の本人は白いフードの上に三毛猫をのっけて何やら笑顔で口ずさんでいた。イギリスからやってきたくせに思いっきり日本語の歌だった。どこで仕入れたかは知らない。完全記憶能力を持つ彼女の場合、テレビに映る街の電器店の店内放送であろうが、一瞬でも耳目が捉えればその全てを正確に覚えてしまうのだから。

あらゆる魔術を極めた先に、『魔神』という存在がある。

彼女の頭の中にある魔道書を全て駆使すれば、人間がそんなモノに化ける恐れすらあるらしいのだが……。

「ふんふふーん。すいへーりーべー」

「待てインデックス、クリスマスはどこ行った？」

（ちくしょうケータイはヘンテコなボタン同時長押しで何とか再起動したけど先生にゃ繋がらねえし。これ何のトラブルなんだよお⁉　そもそもあっちとこっち、どっちの機材が壊れてる訳⁉）

「いいかインデックス、まずは小萌先生の家だ。あのクソ野郎先生とじかに会って補習の行方がどうなったのかを探らねばならん。何故ならここが不肖上条当麻の留年を左右する重大な局面だからだ」

「とうま七面鳥買おう!!　道端で売ってるなんて奥が深いんだよ!!」

「聞けよおー人の話をッッッ!!　しかもケーキじゃねえのかよっ。つか何あれ、安すぎて逆に怖くない？　ディスカウントストアで売ってる七面鳥ってマジのヤツなのか？　ガワなんていくらでも工場でデザインできるだろ、今はもうコンビニでどこの部位なんだか分かんねえ骨なしチキンとか金の延べ棒みたいな形にまとまった謎のサラダチキンが売られている時代なんだし。もしかして、回転寿司のネギトロの正体はアカマンボウ的な感じで何か全然別の肉を使っているんじゃあ……」

『あの』上条当麻が安さに警戒するというのだから察していただきたい。そう、本当の本当に金欠を極めた時は『卵の殻なら……たくさん集めてミキサーで粉々にすれば、食えるんじゃね？　死にはしないだろ、死には!!』まで選択肢に浮かべるあの男が警戒しているのだ、安さの王様に!!　クリスマス商戦は愛と欲望と不信感のカタマリである。世界的なサッカー大会の応援グッズと同じく、たった一日またいでしまうだけで『なに……これ？』と立ち尽くす事請け合いな品々がキラキラ輝いて街を埋め尽くしている。

店先では小学生女子がわあわあ言っていた。

『にゃあ!?　サンタ捕獲キットだって!!　が、学園都市はいつからこんな発明を……』

『だ、だめだよフレメアちゃん。これ絶対夏はおろか秋シーズンを越えても売れ残った普通の虫取り網だよ』

『おじさんこれくださいな！　スマホでチャキーン!!』

『ああっ、サンタさんは樹液のゼリーじゃ集まらないのにーっ!?』

……まったく『ジョークグッズ』とは（最初っからジョークなんだから効能を保証しなくて

も良いという意味で）幅が広くておっかない。これを季節の定番と受け取るか子供相手にも容赦のない残虐非道な詐欺行為と見るかは人それぞれだ。そこはかとなく縁日の射的に通じる何かを感じる。

そして今はまだ、享受する訳にはいかないのだ。

中途半端な状態でフリーズしてしまった遠隔補習がどうなったかを知るまではっ!! あいつあのミニマム女教師、全身麻酔をかけてお腹を開く大手術の途中にお医者様がふらりと一人旅に出かけるような真似しやがって……ッ!! と上条当麻はギリギリ奥歯を噛み締める。

（……くそうー。ケータイ自体は普通に再起動できたから、それでも繋がらないって事はおそらくトラブってんのは向こう側だと思うんだけどなあ。先生側のエラーに引きずられてこっちのケータイまでデータ破損しかけたんだからマジで謝ってもらわねば。そして留年だけは回避しよう。どんな弱みにつけ込んでもだッ!!）

ちなみにまだ使える携帯電話で軽く検索してみても、似たようなトラブルが発生している様子はなかった。

青空に漂っている飛行船の大画面でも、大規模な通信障害といった話は出ていない。

……世界でたった一人、自分だけだと思うとすごく不安になる。まだ世間が気づいていないような得体の知れないものに感染しているけどセキュリティ関係が素通りになってはあるまいな、とか。

（どうか先生の側の機材がきちんと吹っ飛んでいますように!!）

クリスマスイヴまで電子機器のトラブルでクリーンインストールの旅だなんて絶対に嫌だ。そもそもパソコンでなくモバイルの場合はどうやったら良いのかいまいちピンとこない。多分設定画面の片隅にある工場出荷時がどうのこうのと言っている普通の初期化じゃダメなはずだ。けどそれ以外って何？　どうやんの!?　いつも当たり前に使っているモバイルが不調になるともう不安しかない。早く元に戻って、美人で優しいお姉さん!!

（と、とにかく一個ずつだ。足で歩いて何とかなるトコなら潰せる潰せる）

小萌先生の自宅は学園都市第七学区にあるアパートのはずだ。

こう、二階建てで階段や通路はおろか、二槽式の洗濯機まで外に出ちゃっている感じの。昭和の漫画家か浪人生しか立ち入りを許されないような神域を我が物にしている身長一三五センチのファンタジー女教師。それが月詠小萌である。

叩けば向こう側に抜けてしまいそうなドアの前まで辿り着くと、上条はドアホンを押した。しかし何の音もない。どうやら電池か配線のどっちかが切れている。仕方がないので上条は薄っぺらなドアを拳でドカドカ叩いて、

「おらーっ!!　奥さん新聞取りませんか!?　今なら箱の洗剤二個つけちゃう!!」

……適当な事を叫んだがやっぱり反応がなかった。

嫌な予感しかしない。

ドアには新聞受けのスリットがついていた。プライバシーの概念が完全に根絶している。上条はしゃがみ込み、横長のスリットを指先でパカパカ開いてみた。着替え中のラッキースケベなんぞ入り込む余地すらない。なんかこう、時間の止まった寒々しい空間が待っているだけだった。

（これは、まさか……）

隣のドアががちゃりと開いた。

真っ赤なジャージにお布団をそのまま加工したのかってくらい分厚い半纏を羽織ったぐるぐるメガネの女性だった。このアパートにこの格好、これで職業漫画家じゃなかったら許さないと上条が思っていると、

「あのう、お隣さんなら三日前からどこかに出かけていますけど……。郵便物は預かっておいてほしいって頼まれてますし」

…………………………………………………

…………………………………………………

…………………………………………………………。

たっぷり五秒は硬直していたと思う。

そしてツンツン頭はあらん限りの力でもって絶叫した。

運命を握る月詠小萌（つくよみこもえ）、消息不明。あの公私混同女教師、旅先にサンタコスと通信機材を持っていって遠隔授業をしていたのだ。道理で補習授業を学校でやりたがらなかった訳である。そして隣人からの『どこかに』発言。つまり彼女も居場所を知らない、ここにきてのまさかのノーヒントっ。そもそも学園都市の中にいるのか外にいるのかさえハッキリとしていないなんて捜索難度が高過ぎる。

ジャージ半纏（はんてん）ぐるぐるメガネは他人の痛みに興味がない人らしく、

「おっといけない、デイトレードデイトレード。クリスマス景気なんて訳の分からん大波が来ているんだから画面から目を離しちゃダメっ。休むのは株を売り抜いて大納会の終わりを笑顔で迎えてから！　それでは!!」

「テメェそのナリで充実したセレブ様かよお!!」

相手は聞く耳を持たずにドアを閉めてしまった。家賃だけなら恐ろしく安いだろうし、本宅ではなく仕事場扱いで借りている部屋なのだろうか？

そして名前も知らない人のライフスタイルなんぞ気に掛けている場合ではなかった。

上条当麻（かみじょうとうま）、いよいよ冬の時代が到来である。

核の冬って感じの不毛っぷりだ。

「とうまー、お腹すいた」

「……そうね」

やけにゆっくりとした動作で上条当麻は振り返った。

影しかねえ笑顔であった。

世界そのものから見放された時、孤独な人は最後に笑うのかもしれない。

この現世に大魔王が降臨なされた。

「ぶわアーっはっはっはあ!! 知らねえよ、もう何にも知らねえんだよおお!! 良いぜ、こうなったらトコトンまで二四日を遊び倒してくれる! ははあはは、だってオトナの都合のシステム障害なんて俺の責任じゃあねえーしッッ!!!!!! はっはっは、ぐわはははははははははははははははははははははーっ!!」

違うよツンツン頭。

そいつはさ、泣いているって言うんだよ。

3

勝算はある。

こういう時までやたらスタイリッシュ（笑）なクラッシュ画面で埋め尽くされるレベルのエラー自体は実際に起きているのだ。つまり、どこに格納されているんだか正確な話は知らないが一応携帯電話の中にはエラー報告くらい記録されているだろう。上条当麻は全身全霊でもって補習授業を受けるつもりだったが、インフラを用意した方に不備があった。見えないオシャレ、お姉さんの黒下着がその動かぬ証拠である。だから敵も味方もない、ノーサイド！　大丈夫!!　留年なんかしないさっ!!　これ以上二四日につべこべ言うなら少年の心の奥底からおばちゃんのスピリットを呼び起こして舌戦の弾幕を張るだけであった。あらゆる国や地域を日本語だけで渡り歩いてきた上条当麻は一度吹っ切れればとことん強い。

だから自信を持ってツンツン頭はこう切り出した。

何でだろう？　心の中は超幸せなくせに、さっきからアスファルトの地面が綿菓子みたいにふわふわしてちっとも落ち着かないんだ。

「どこ行きますか？」

「キラキラな所!!」

あのインデックスが食べ物の名前を連呼しなかっただけでも奇跡である。やはりクリスマスイヴとは魔性なのだ。予測不能な何か、言い換えれば小さな奇跡がバカスカ発生している。確か偉い人のお誕生日だった気がするが魔性で良いのかクリスマス。

とはいえ、だ。

学区そのものが巨大遊園地と化した第六学区など、観光地も観光地のバリバリな所（？）へ予約もなしに足を運んでも地獄を見るだけだろう。こんな日にわざわざレンガと土の間に潜り込む必要はないが、一応チケットとか行列とかがいらない場所というのを線引きにした方が安全かもしれない。

「となると特別な場所に行くんじゃなくて、いつもの第七学区を見て回るのが一番分かりやすくクリスマスを満喫できるかなー」

「何で？」

「ビフォアとアフターでどこがどれだけキラキラしてるか分かりやすいだろ」

何しろ見栄(みえ)とプライドの高校生である。もっともらしい理屈を述べている時は、大体それとは別に本音が隠れている事に注意しなくてはならない。……だって最大の繁華街第一五学区とかはオシャレさんばかりでおっかないから近づきたくもなかったのだ。クリスマス、ハロウィン、バレンタイン。これらのタイミングでそんな所に行ってみなさい？　ただでさえ高難易度エリアに変な期間限定がのっかってるものだから、バランスなんか完全に崩壊している。もう見えているじゃないか、ネトゲで知らずにイベントボス戦を踏んづけた人みたいにコテンパンにやられるところがッ!!　そして恥じる事はない、と上条当麻(かみじょうとうま)は念じている。むしろ正しいのはこっちだ。クリスマスイヴに堂々とあんな所を歩いている人達はね、ブランドバッグとか毛皮のコートとかリアル生活で廃課金して全身の装備固めているんだからそもそも最初から太刀打ちなんかできないの！　真面目に人生を張り合うだけ無駄!!　革製品とか毛皮とか、みんな安っぽいビニールになーれっ!!

「とうま、何で笑顔に暗い影が差しているの？」

「何でもない。おかしな所なんか何もないんだよインデックス」

　という訳で、こんな事になるくらいなら、腐った倒木を嚙んで掘り進めたおうちから出なければ良かった……なんて結論をせっかくのイヴに出したくない上条としては、己の身の丈を優先する。地元で良いのだ、クリスマスなんて。知り合いと一緒に外を自由に歩き回っているだけで十分楽しいし。

　ビフォアとアフターの違いで街の飾りつけを見て楽しむ。

　という話でまとまったので行き先は自然と決まった。何の変哲もない一軒家がこの日だけ突然ビカビカに光を放っているのもトラック野郎みたいで笑えるが（↑どっちに対しても失礼）、やはり人の多い場所の方が派手だろう。ひとまず駅前の方に足を向けてみる。

　あちこちにある三枚羽根の風力発電プロペラについては、流石に電飾ケーブルなどは取り付けていなかった。結構な寒さだが元気なもので、凍結している様子もない。水滴のせいで表面がキラキラ輝いていた。もしかして融雪用に電熱線でも仕込んでいるのだろうか。一体誰がやったのか、クリスマスリースの代わりに自転車のチェーンロックが柱に巻きつけてある。

　トラックベースだが物を運ぶというよりは広告用に使われる事が多い、でっかい液晶画面を荷台にのっけた宣伝カーが上条達の横を通り抜けていった。

ニュースは語る。

『クリスマスには生クリームでデコった自慢のカスタムドーナツを食べよう！　こちらニューヨークではケーキの代わりに一風変わったお菓子が流行っているようです。これは核家族化が進む中でホールケーキ丸々一つでは一人あたりのカロリー摂取量が理想の値を大きく超えるとして、ビバリーヒルズの富豪達を診る主治医達が広めた運動が形となったもので、合衆国のロベルト＝カッツェ大統領も自身のＳＮＳで……』

「死ねばーか‼　知らねえんだよテメェらのキラキラしたプライベートなんか海の向こうまで押し付けんな！　そんなにカロリーが気になるなら蠟細工の食品サンプルでも齧っているがよい‼　本当に本物のノンカロリーなんてのはな、それだけ食べてたら餓えて死ぬって事なんだよお‼」

「とうまが怖いよう。……レギオンと名乗りし負の塊よ、あの獣に乗り移って崖に向かうがよい！」

インデックスが両手を組んでなんか魔除けっぽい事をぶつぶつ言い始めたが、生憎と上条当麻は何か良からぬモノに憑依された訳ではない。そんなヒカガクテキな。素でコレの方が下手なオカルトよりよっぽどヤバいという意見はひとまず無視させていただく。

しかし実際に駅前まで出かけてみるとあちこちに変な行列ができていた。

増えてる。

冬休み前から流行の兆しはあったが、こんなじゃなかったはずだ。

なんか知らない内に似たようなドーナツ屋さんがアメーバ系のモンスターみたいに増殖していた。どうやらプリン的な甘いドロドロでドーナツ全体を浸してババロアのように柔らかくしてから、その上にしこたま生クリームを始め、カラフルなチョコの粒やシロップなどをお客さんの好みに合わせて盛りつけていく仕様らしい。何の好みだって？　味なんか何をどう組み合わせて選んだって甘いに決まっている、SNS映えの好みだとさ!!

ちなみに海を渡った時点で伝言ゲームのように何かが歪んだのか、本家にはない特徴が勝手に追加されていた。やっぱりこの国のうぇいうぇいは全体的にいい加減だ。

（大丈夫なのかな、あれ。生年月日や血液型からラッキーカラーを決めるって話だけど、そんな写真ネットに公開したら自分の個人情報が全部分析されちゃうんじゃあ……？）

というか何で運と色に関係があると思っているんだろう？

それで確率や統計のデータにブレが生じるなら、量子論を使った学園都市製の超能力開発なんかいらなくなるような気もするが。

そもそも手で持って食べられないような品をドーナツと呼ぶ事は許されるのか。

紙の小皿に置いたドーナツの上に生クリームを盛りまくり。掌サイズのウェディングケーキみたいになったそれがのっかった紙皿を恋人達は楽しそうに囲み、スマホを駆使してスカイプルーとピンクが混ざり合って大変毒々しくなったドーナツの写真を撮りまくっている。ものによってはパチパチ光る花火なんか突き刺しちゃうらしい。

写真が目当てなので、どっちが食べるかについてはなんか二人でイチャイチャしながら互いに押し付け合っていた。どうやら苦労して並んで買ったお菓子が罰ゲーム扱いのようだ。もはや寝言のレベルがマリー＝アントワネットを超えている、食べ物を粗末にしてはなりませんという思想はどこかのタイミングで消滅していた。何でこの人達は爆発しないんだろうと上条当麻は思った。少々言動が過激でびっくりされたかもしれないが、今この時、少年の心におばちゃんの魂が浮かび上がっていたのだ。ここは優しい寮の管理人のお姉さんではなく、がさつでおっかないが苦学生のために世の中がどうなろうがお値段据え置きをこっそり死守する定食屋の主である。

「あ……」

しかも上条は気づいた。景色の違和感に。

とにかくケーキを売りたいコンビニや洋菓子店はもちろんの事、カラオケボックスやら回転寿司（!?）やらまで、今日この時に限ってやたらと店先の路上で増殖していてありがたみのなくなった真っ赤なサンタ少女達はいったん脇に置いてだ。

「とうま？」

「あああっ⁉　待てよ、嘘だろ、おいってえ⁉」

鉄道ガード下でひっそりと営業していたラーメン屋がなくなっている。

雑誌やグルメサイトで大評判というほどではなかったけど、鶏がらか魚介かって聞かれたら『知らない。化学と合成?』と客前で堂々と答えちゃうひどいラーメン屋だったけど、そこでは小盛りのさらに下にお茶碗盛りっていう小さいラーメンを売ってくれた。それが学校帰りの、これからご飯の事を考えないといけないんだけどそれでもどうしてもお店のラーメンを味わいたい上条達にとってはたまらないおやつのはずだった。それを、それなのに……。

おかしい。

こんなの絶対におかしい。せめてあの強烈極まる個性に負けない何かができていれば救われたものを、こんな所にまでありやがった。歴史も風格もない一冬限りのドーナツ屋が!? 下手すりゃクリスマス終了と同時に忘れられ、年をまたぐ前にとっとと撤退するかもしれないこんなもののために押しのけやがったのか!! 上条当麻はもはや俯いて小刻みに震えていた。ラッキーカラーじゃねえよ。お、親父。一体どこへ行っちまったんだラーメン屋の親父ぃ!?

……馴染めない。

どうしたって無理だ。やはりクリスマスを丸ごと味方につけたリア充＝決して相容れぬ敵、の図式ができつつある。針金ハンガーを集めて作った鉄のアフロみたいな鳥の巣から一歩も出るべきではなかったのでは。そんな風に思えてきた。この冬は、厳しい冬になる。わざわざ一二月二四日に出した結論に胸が苦しい。

そんな風に立ち尽くしていた。

よって多少は注意散漫だったのも仕方がなかったのかもしれない。

どんっ、と。

交差点の歩行者信号待ちゾーンで、横からいきなり女の子がぶつかってきたのだ。

「きゃっ⁉」

「ごめ……」

とっさに謝りかけて上条は踏み止まった。注意散漫とはいえ、こっちは（ラーメン屋の衝撃を受け止めきれずに寒空の下で立ち尽くしていたから）その場で一歩も動いていないので、明らかにぶつかってきたのは向こうだ。しかも重たい胸の真ん中にぶつかるねちょり感触。静かに視線を下ろしてみれば、コントのパイ投げみたいに小さな紙皿が張り付いている。生クリームと蜂蜜でグチョグチョの例のアレ、食べるよりまず写真という冒瀆的な名状し難いコズミックホラーなドーナツさんがだ⁉

「……お……」

不幸とは、重なる事で心の許容を超えてしまう時がある。

今日は哀しい出来事が多過ぎたのだ。

見知らぬ誰かさんのラッキーカラーでキミの色に染め上げられちゃった不運な上条当麻、

ここでついにブチ切れた。

「おうおうお嬢ちゃんこいつが雨を弾いて丸洗いも簡単なポリエステル繊維でできている事は知っての狼藉だろうな⁉　ウニクロの年末大特価セールをなめないでちょうだい、まったく自慢の一張羅一九八〇円をどうしてくれるのよおーっ‼」

何故か時代劇から始まってラストにちょっとオネエ言葉が入りつつも、ぶつくさ言っている内にドーナツに刺さっていたであろうパチパチ花火がやっすい上着に引火した。被害状況の確認もせず反射で女の子に噛みつくからこうなった。天罰である。上条当麻は慌てて上着を脱いで両手でばさばさ振り回して消火していた。

そしてふるふる小刻みに震える少女は昨日も見た。

御坂美琴その人であった。

「なんかクリスマスに死の匂いがすると思ったらお前か御坂ッ⁉」

相手は聞いちゃいなかった。

きゅっと。

上着を脱いだ上条当麻の胸に無言で飛び込み、小さく握った手の指で彼のシャツを摑んですがりついたのだ。

ツンツン頭の少年の頭が真っ白になり、すぐ隣にいた白いシスターが呆気に取られている時だった。

嵐が来た。

「逃亡者を捜せぇ!!」

「防犯カメラや警備ロボットはあてにするな！　ヤツは発電系では最強の超能力者だぞ!!」

「まだ近くにいる事は確実ですの。お姉様の逃げていった道のりなんていうのはね、ふへへうっすらと残る髪の香りを辿っていけば分かるんですのよぉーッ!!」

右から左へ恐るべき勢いで人の塊が流れていった。あれは何だ？　生徒も先生もごっちゃになっていたが、名門常盤台中学とはあんなあそこまでのバイオレンス集団だったのか？？？

あんな百鬼夜行を見逃すとは、学園都市の警備ロボットは仕事をしているのだろうか。

あるいはすでに、ドラム缶型の機材の中に美少女には甘いルールが実装されているとしたら逆に高度ではあるが。

そして上条当麻は消火活動のため自分の上着を脱いで両手でばさばさやっていた。そこへ御坂美琴が飛び込んだものだから、闘牛士さんのマントが翻り、良い感じで小柄な少女のシルエットは丸ごと包まれて周囲から隠されてしまう。

「御坂さん」

「はい」

「全体的に説明して」

真っ当な事を言っているように聞こえるかもしれないが、一つだけ違うところがある。矛先。上条は自分ではなく、抱き着かれたまま顎で隣を示したのだ。

「そこでがるぐる言い始めたインデックスに!!　せっかくのクリスマスイヴなんだ、頭蓋骨にしっかりとした歯形をつけて入院なんてしたくないからあーっ!!」

もう遅かった。

がっつり頭を噛みつかれたはずなのに、何故か少年は膝から崩れ落ちた。

4

天下無敵の女子中学生であった。

御坂美琴は両手を腰に当て、呆れたように息を吐いて、

「……アンタ、なんか特殊な相でも出てんじゃないの？　女難、とは違うか。幼女の相とか」

「御坂さんや。この科学サイドの総本山学園都市で滅多な事を口にするもんじゃないよ。……俺はそんなもん絶対認めねえぞ、ありとあらゆる学生寮の管理人のお姉さんとお知り合いになれるおねいさんの相とかだったらちょっとぐらついたかもしれんが」

「サイド？　てか、あっ!?　そういや昨日の幼女結局どうしたのよ!?」

「どうしたも、あんなどうしようもねえ話をわざわざ蒸し返す本気のバカが現れやがった……ッ!! もう二度と会いたくねえよあんなもん!!」

美琴はそこでちょっと動きを止めた。

上条とインデックスを交互に見てから、

「……ひょっとして、この子も引き剝がした方が良い？ 地域の安全的に」

「言っておくがテメェもおんなじ年下枠だかんな」

「言うに事欠いてこの私を幼女扱いかっ⁉」

ともあれ、だ。

名門常盤台中学では、クリスマスとは厳かなものであるらしい。

具体的に言うと寒空の下ミニスカートのまま（スカートが短いのは自分で調整した結果な気もするが）昼も夜も二四時間ひたすら街を練り歩いてゴミ拾いを続けるという、灰色も灰色の季節行事なのだ。

いた。

こんな所にいた。

レンガと土の間、腐った倒木の穴、そして針金ハンガーで作ったアフロ。上条なんかとは住んでいる世界は違うけど、それでも灰色のクリスマス野郎がここにいたあ!!

で、それが耐えられないので隙を見て逃げ出したのだが、先生や風紀委員にバレて大変ホットなイヴを過ごす羽目になったようだ。なんていうか、ホットの度合いで言ったらバレたら鎖でぐるぐる巻きに縛られてそのまま溶鉱炉にぶち込まれる的な温度感で。

ガッ!!　と上条はお嬢様の両手を摑んで包み込むようにして、瞳を輝かせていた。

彼は悟ったのだ。

このくそったれな季節イベントに対し、共に戦う人がやってきたのだと。

反攻の狼煙を上げる。

「多分世界の全部が敵だけど、でっかい運命的なものに抗ってでも絶対素敵なクリスマスにしようねっ!!　俺も協力するから!!」

「えっ、あ？　ち、ちょっと、今なんか今後の予定を押さえられた……？？？」

お嬢様はなんか顔を赤くして挙動不審になっていた。

すぐ近くでは（あれだけツンツン頭の後頭部に嚙みついても怒りが収まらないのか）内側からほっぺたを膨らませているインデックスが両手を腰にやっている。

「うー、不満があるんだけど。仲間に入りたいならあそびましょーくらい言いなさいよなんだよ」

「……インデックスさん、ここは優しい心が必要な場面ですよ。マッチ売りの少女だってそうだったじゃない。世の中の誰かが一人でも手を差し伸べていれば、あんな結末は避けられたはずだったんだ！」

「いやあの、その扱いも結構地味に刺さるんだけど⁉　軍団の魔の手から助けてほしいのは事実だが‼」

もちろん上条当麻としては、ここで美琴を放り出すつもりはなかった。彼は感動すら覚えていたのだ。下流で貧乏学生だから灰色なのではない。上流の方だって、いる所にはいるのだ。ていうかいくらでもリアル生活で廃課金ができる極限お嬢様なのにクリスマスまわりが灰色ってどれだけ人生のハンドリングが下手くそなのだこの少女は⁉　流石にこれは放置できん‼

という訳で、リクエストがきた。

美琴が語るには、

「クリスマスっぽい事がしたいんだけど。風景に溶け込まないと死ぬから」

…………………………………………………………………………………………。

……………………………………………………………………………………。

「ん？　あれ？　なんか変な事言った私？？？」

「いや大丈夫、全然大丈夫」

笑顔のまま固まっていた上条に美琴が不安げに尋ね直してきたが、ツンツン頭は棒読みで答えるしかなかった。

クリスマスっぽい……コト？

改めて言われると分からない。モノならケーキとか七面鳥とか、後は赤い服や白い付けひげなんかのパーティグッズがあれば問題ない。トコロなら電飾でギラギラした街路樹が並んでいる大通りとか、駅前広場の巨大なクリスマスツリーなんかに向かえば良い気がする。

しかし、コト？

トリックオアトリートじゃあるまいし、クリスマスしかできないコトって何だ？？？

「……、」

もちろんである。迷える少年にはアレがある。住居不法侵入を平気な顔でやらかして靴下の中にラッピングされた箱をぶち込む白いヒゲに倣って、普通の人だって箱と箱を交換したって良いはずだ。

ただ日付をまたいでのメリークリスマスやプレゼントの交換は、基本的に一発限り。バイオレンスお嬢が押し寄せるたびに、とりあえずの迷彩で何回も選択できるカードではない。

となると、え？

クリスマスイヴって基本的に何をするお祭りなの？

急にそわそわしながらそっとインデックスや美琴の方をチラ見してみれば、二人揃って不思議そうに首を傾げていた。いいや銀髪少女の頭の上に乗ってる三毛猫までだ。完全にノープラン、全部こっちにぶん投げる構えである。そして何もないと言ったら最後、間違いなくダメ呼ばわりされる事は請け合いだ。それも右と左からステレオで。

違うのだ。

年上のお姉さんが耳元で優しく囁く『もう、ダメな子ね』と。

年下の少女から真顔で撃ち込まれる『はあ……ダメなヤツ』では。

意味合いっていうか、こう、温度感が!!

(えっ……。ここで女子だけで連合軍を組まれたら俺一人ぼっちで罵声の海に沈んでいくかも。

そんなイヴになったら墓の下にも帰れねえっ⁉)

一二月でも汗びっしょり、もう虫の巣とかでもなくなっていた。妥協点すらおかしくなっている。

全力の笑顔で上条当麻は携帯電話を取り出した。

「は、ははは平気。デキるオトナの上条当麻に任せておけば何にも心配ないから」

「アンタどこ行くの?」

「ちょいと混雑状況を検索したくて。し、少々お待ちいただけます?」

日陰に隠れて携帯電話の小さな画面で『クリスマス　何する?』と検索エンジンで打ち込んだらゲロ吐きそうなSNSのコメントばっかり出てきて慌てて封殺した。しかもネットの声なんてどうせ三倍くらい色恋方向に盛ってる嘘つきばっかりだ。というか嘘つきであってくれ。みんな揃って実は孤独であっていただきたいと呪いまで送り出してしまうほど、世界が違う。

ちゃんとした、顔と名前の分かる人に相談したい。

アドレス帳から野郎の知り合いの番号を引っ張り出して通話すると、しばらく待ってから相手が出た。

「あ、あのう青髪ピアス？　クラスメイトのよしみで相談に乗って欲しい事があるんだけど……」

『カミやんすまへん、ボクは今手が離せそうにない!!』

「えっ、まさかお前もクリスマスに予定がいっぱい……。やだよ！　こんな灰色の世界に俺だけ置いていかないでくれよお!!」

『人のぬくもりを求めてお○ぱいマウスパッドを電子レンジに突っ込んだら、これが想像以上の高温に……ッ!?　おかげで今両手一○本指の感覚があらへんのや!!　テーブルの上に置きっ放しのこいつが音声認識できなかったらこの電話も取られへんかったで!!』

「イヴだよ!!　年に一度のッ！　朝の一○時から何してんだよテメェ!?　しかも魔が差して指先でちょんちょんとかじゃなくていきなり両手で鷲掴みにいったのか。せめてロケットとか作る生産性のあるオタクになりなさいよ!!!!!!」

『だってVRは映像だけじゃ寂しいやん。より没入するには何でも良いから確かな手触りが必要だったんですッ！　となると冷たいままじゃヤダ!!　こっちは高い金払ってガワの設備を固めてまで疑似的に死体を触っててんじゃあらへんのや!!』

「重ねて言うね？　イヴだよ!!　朝の一○時からこいつ一体何をッ!!!?!??」

『聞いてくれよカミやん、そやかてきちんと温めたと思ったらお弁当の真ん中の方が冷たい時ってあるやん？　今回もそんなケースかと考えてもうちょっとあとちょっとって温めていったら、シリコンの塊って結構あっさり熱を通すのな⁉　普通に凶器やんアレ‼』

この悪友は電子レンジ用のシリコン鍋とか売っている事を知らないのだろうか？　日頃から自炊をしねえで楽をしたがるから知識が足りずに天罰が下るのだ。ともあれ使用上の注意を読まない人の意見なんぞお伺いしても事態は好転しなさそうだ。馬鹿野郎の嘆きは無視して電話を切る。

そして友を見限っても何かが変化する訳ではない。

問題、クリスマスにしかできないコトってなーんだ？（飼い猫じゃなくて正統派な方の）スフィンクスばりの死のなぞなぞは継続中である。しくじればここに女子連合軍が結成され、上条当麻は一人体育座りで涙ぐむ羽目になる。イヴなのに。

「とうま」

「ねえアンタ」

二人の少女がいっそ無邪気に尋ねてきた。

君には期待している。しかし言い換えれば多大なプレッシャーとなる事を、無垢な一〇代女子の皆様はまだ知らない。

「『これからどうするの？』」

5

大丈夫だよ。

深く考える必要はないんだ。

赤い帽子を被って洋モノのパーティゲームをやってりゃ日本のクリスマスは完成だよ。

「雑」

「うるせえ何とでも言いやがれ」

御坂美琴から短く評価され、上条もまた即答で返していた。それでも一応『ダメ』とはならずに内心ホッとしているのは中学生の前では絶対内緒である。

そういう飾りなのか建築上の都合なのか、外から見るといくつかのコンテナを繋いだような建物だった。しかし中に入ってみると木目調の床や壁、天井でくるくる回るシーリングファンなどちょっとクラシックな香りが漂ってくる。

インデックスは昼前だというのに薄暗い店内をあちこち見回して、

「これなにー？　ダーツ？」

「コーコーセーが頑張って背伸びした結果です。笑わないでね」

これについては小声の早口で言っておいた。カラオケではあまりにもベタ過ぎて逃げた結果であった。ダーツについてはボウリングやバッティングセンターなんかが一体化したアミューズメント施設なんかでたまに見かけるが、そっちはそっちで明るすぎる。こう、なんていうか、背伸び感が欲しかったんですッ!!

そんな訳で。

純粋なダーツ屋さんなんてないだろうから、おそらく本来はバーなのだろう。割と高校生が入ってみると場違い感がすごくて心臓に悪い内装だ。ただ時間帯が時間帯なので、今はちょっと早めのランチメニューしか並べていない。やたらとサイドメニューのおつまみ系が充実しているのはその名残だろう。まだ爪を隠している。

ちなみに上条当麻、自分で背伸びしていると言うだけあってダーツに全く馴染みはなかった。だって高校生はバーなんて行かないもの！　なので何となく小さな矢を手で投げて丸いピザみたいな的に当てるゲーム、というざっくりしたイメージしかない。場所を貸す店員さんは当然知っているものとして扱ってくるので特に説明はなく、一人でやってきていたら疎外感のカタマリになっていたかもしれない。

結局お嬢の美琴に教えてもらう羽目になった。

「まず一番メジャーなゼロワンは点を増やすゲームじゃなくて、点を減らすゲームなのよ」

「……何だって……？」

「驚愕顔をするにはまだ早いっ。全部で三〇一点、一ラウンドにダーツを三本投げて、このノルマをいかに早く消していくかで競っていくの」

説明されてもピンとこない辺り、いよいよだ。確か代わりばんこでダーツを投げるはずだが、あれは一回ずつなのか。ひとまず三回連続で投げるのか。

「そもそも誰かと競うゲームだったんだな……」

「ねえそこから？　ダーツは一つのボードしかないから分かりにくいかもしれないけど、基本的に対戦ゲームよ。プロのコントロールチェックでもない限り一人でテニスコートに出かけても意味ないでしょ、それと一緒」

もしも一人でやってきていたら疎外感のカタマリ、なんて次元ですらなかった。上条当麻、何にも知らねえのに危うく店員さんから無駄に玄人扱いされるところであった。多分最初の一投で幻想が砕け散り、生暖かい視線に耐えられずうずくまっていた事だろう。

「ようはど真ん中に当てれば一番なんだろ」

「だから全然違うってば。一〇ラウンド制で一回に投げられるのは三本まで、これで先に三〇一点をゼロぴったりに合わせて『上がる』ゲームなの。だからバカスカ点を削ったって、やり過ぎてマイナスになったら『上がり』に失敗する。バーストって言って、そのラウンド始めの点数まで巻き戻して次のラウンドへ送られる羽目になるのね。つまり一ラウンド丸々無駄に使ったって扱い。だから残りの点数次第で、ボードのどこが重要になるかはその都度変わってくるわ。そのラウンド三本目で残り一点の人にとっては、最少の一が絶対獲りたい最優先になるでしょ？」

「でもあれっ、ほら真ん中のー」

「はいはい！　バカ大注目のド真ん中はブルズアイで五〇点、だけど外側の真ん中辺りに一回り大きな円があるでしょ」

「あのピザ切り分けたようなヤツの？」

「そうそれ。その真ん中にあるライン上なら普通の得点に三倍加算されるのよ。だから一七点から二〇点の一般点でも三倍加算を利用すれば、中心のブルズアイを抜けるって訳。序盤で大量に削りたい時であれば役に立つわ」

言いながら、美琴は適当なダーツを摑んだ。長さは一五、六センチほど。金属製だけどあんまり重たい感じはしない。ちょっとゴツいボールペンにプラスチックの尾翼をつけた、というイメージか。

「私はコイン派っていうか、こういうのは黒子のオモチャなんだけど……」

「？」

スコアを起動する前のまっさらなボードに向け、美琴は気軽に針の先を向けた。

雑なようだが、それでサマになる辺りがやり慣れてそうだ。

「投げる時は肩からじゃなくて、肘の曲げで投げ放つ。これについては、紙飛行機を飛ばす感じが近いかな」

すとんっ、という音が聞こえた。

針が刺さる響きに脅えたのか、インデックスの頭の上にいた三毛猫がピンと尻尾を立てている。

距離は三メートルもないはずだが、真っ直ぐというよりは傾斜のなだらかな放物線といった方が近い弾道だった。時代劇に出てくる忍者のクナイとは全然違う。ゲームだからそれで正解なんだろうが、果たして飛び道具としては成立しているんだろうか？

美琴のダーツが当たったのはど真ん中。

「ほんとはニアミスで二五点なんだけどね。日本で広まってる方式だと外枠も入れてブルズアイ扱いになってる」

なら説明する必要なくない？　と上条は思ったが口に出すと余計に脱線していきそうだ。まずは今ここにある基本を押さえておかないとのちのち大変な事になるのは目に見えていた。

「それから、大抵ダーツは電子で勝手にスコアを管理してくれるわ。ここのもそう。便利なようだけど、みんなで同じボードを使う事は忘れないで」

「？」

「ボウリングみたいに、次のセットまで勝手に機械がやってくれる訳じゃないって事。まず刺さった自分のダーツを抜いて、それからターン交代のスイッチを操作してちょうだい。刺さったままスイッチを動かしてから抜くと次の人に同じスコアがそのまま記録されちゃうから、ゲーム全体がぐちゃぐちゃになっちゃうのよ」

分かった？　と美琴が適当な感じで尋ねてきた。

上条は美琴ではなく、同じ説明を聞いていたインデックスをチラ見した。不安であった。一人だけ分からなかったら置いてきぼりだ、どうしよう……。

と思っていると、頭の上に三毛猫を乗っけたインデックスがおもむろに並べてあるダーツを掴んだ。そのまま三本ほど立て続けに放つ。

五点、一〇点、一五点。

たまたまの偶然じゃねえ。きっちり五の倍数で当ててきてる。

ダーツは単純に的の中心へ当てるゲームではない。なんか今日に限って妙にオトナな中学生（？）御坂美琴の話によると、最後は〇点で揃えないとバースト扱いになるというルールがあったはずだ。だとするとアクセルよりもきっちりブレーキをかける方が大事ではないか⁉

「んー……」

「ちょっと待ってインデックスさん？　何そのスーパープレイ⁉」

「彼我の距離とボードの直径から考えて、けど、まだ誤差があるかも。目で見て覚えるにはサンプルが少ないかな、もうちょっとお客さんでいっぱいだと色々参考になったんだけど」

口の中でぶつぶつ言ってる人はこっちを見ていなかった。

すでに勝負は始まっている。

「ヤバいー。完全記憶能力使って他人のモーションを取り込み始めている、だと⁉　そっそうか、空手とかボクシングとかと違ってガタイの必要ない肘だけのダーツなら頭で理解すればスポーツでも追い着けるのか……。早くゲームを始めよう御坂！　このまま放っておくとインデックスが超速進化して手に負えなくなる‼」

「何も注文しないでそのままゲーム始めるつもり？　どこまでストイックなのよアンタ達、プロ選手じゃあるまいに。店員さん、何か適当な食べ物を……ああここも例のドーナツやってるの？　じゃあラッキーカラーのカスタムを」

「やめろおそんなオシャレなものっ‼」

「？」

上条当麻の絶叫に首を傾げる美琴。アレルギーまわりかな？　と誤解されたのかもしれない。アレルギーはアレルギーだがカラダでなくココロのという真相は誰にも明かされなかった。今デキる中学生から真顔の『ばっかみたい』をお見舞いされたら石化した上粉々にされてしまう。

「それなら適当なおつまみのパーティシェアをお一つ。それからセットでついてるドリンクバーってそっちのカウンターで注文すれば良いの？」

自分の事は自分で面倒を見るから安上がりなドリンクバーなのに店員さんに注いでもらうとはどういう理屈なのだ？　などと考えている場合ではない。

それがアリならＡＩ社会を支配する恐怖のスーパーコンピュータのように学習を進めている

インデックスに打ち勝つきっかけになるかもしれない。

結論はこうだ。

「食べ物飲み物で釣って、横から集中を乱し、そして殺す!!」

「イヴでも容赦なさすぎの権化かアンタは」

6

そんな訳で楽しいイヴが始まった。

コンテナをいくつか繋いだダーツバーではこんな声が響き渡る。


『やったど真ん中のブルズアイ!! どうよこれで……あれ、点が減らないわね?』

『いやー参ったなあ、ターン交代のスイッチ動かすの忘れてたわ。はっはっはすまんすまん』

『バカって何で悪い方向にだけ急激に学習が進むの!? アンタ早くも機材の仕組みを逆手に取った揺さぶりを……ッ!!』

『それじゃあ短髪、今のブルズアイは無効なんだよ。ほらボタンを押してあげたから、もう一回投げて。やり直し。大丈夫なんだよ、チャンスはまだある!』

『そして流れるように人様のダーツを勝手に抜いちゃう天然シスター。今の交代ボタン押してから矢を指で弾けば正しい点が入ったじゃん⁉　ブルズアイだったのよ？　わっ私を擁護してくれる人は誰もいないのかーっ⁉』

少年少女はわいわい騒ぎながらもボードに向けてダーツを投げ放っている。ドリンクバーで飲み物お代わりしたいならブルズアイに当てる事、というローカルルールを導入してから場が荒れた。唐揚げやフライドポテトなどの油っこいおつまみ系は目の前に置いてあるだけだと欲を刺激され、しかもドリンクなしで食べてしまえば喉が渇いて集中を乱される。そしてこのど真ん中のブルズアイ、『次で必ず当てなければならない』と考え始めると途端に取り逃がす。何も賭かっていなければ、ダーツ初心者の上条でもまぐれ当たりでちょこちょこ刺さる程度のはずだったのに。

『すでにモーションの学習は終わったんだよ。この私に死角なし、一気に三二点まで削り落としてやるっ』

『へえー小さなケーキを並べたデザート枠の盛り合わせもあるのねえ』

『頼めばすぐ来るっていうのはニッポンの美徳だな。それじゃあインデックスが投げ終わる前に美味しそうなトコだけ全部抜いて手元に確保しちゃおうぜ、とりあえずショートケーキとレアチーズケーキはいただき』

『じゃあ私はモンブランとカラメルプディングかなあ』

『やっぱサンタさんの砂糖菓子は外せねえよな』

『メッセージ付きのチョコプレートの方じゃなくて？　ああ、ちっこいのは気にしないで？

そっちでずっと考えていて良いからね。アンタが戻ってきた時には缶詰の果物ぶち込んだ雑な
フルーツゼリーくらいしか残ってないかもしれないけど』

『缶詰さんを馬鹿にするでないわお嬢様め。いらないなら俺が取っちゃうぞ、これキープ。お
ーい三毛猫、なんか貴様のために色々調整してくれたネコケーキとかいうのがあるらしいぞ』

『待って私の分は!?　集中する時間を与えて欲しいんだよッ！』

　時間は過ぎていく。

　他の人々と同じく、彼らも喧噪（けんそう）の一部となっていく。

『あれ、次で区切りの五ゲーム目が終わるのか。じゃあこれ勝ったヤツあれな、あれ言う係』

『はあ!?　いやあの、これまでの勝率は!?　私ダントツでトップを独走中だったはずよね!?

ねっ!?』

『めりーくりすまーすなんだよーっ!!』

『『そしてこの野郎あらわる前提を無視して笑顔で言い切りやがった!?』』

だから彼らは気づかなかったのかもしれない。

今は健全なランチタイムとはいえ元の造りがバーであるためか、外から覗(のぞ)き込(こ)める窓などはない。昼前なのに薄暗い間接照明が場を支配しているのもそういう理屈なのだ。

なのに。

にも拘(かかわ)らず。

じっと。

観測者の瞳が上条達(かみじょうたち)の挙動を追いかけている事実に。

行間　二

そこは窓のない部屋だった。

外の様子が見えないというのは、それだけで一般の時間の流れから切り離されているようでもあった。この部屋の内部だけを映せば、今が一二月二四日である事など誰にも分からないだろう。それどころか、夏か冬か、昼か夜かの区別すらつくまい。

そんな中に敢えて身を沈める怪物がいた。

学園都市に七人しかいない超能力者の中でも、他を圧倒する正真正銘の第一位。

それでいて、統括理事長という権力の座すら我が物としたモンスター。

「皮肉だよなァ」

白い怪物は、鼻で笑っていた。

黄泉川を、ではなく、自分自身を。

思えば昔からそんな人間だった気がする。誰からも最強と見上げられ、恐怖の対象として頂点に君臨しながらも、いつでもその心を支配していたのは疎外感と自己嫌悪だった。だから、あの小さな少女がかっちりとはまったのかもしれない。傍から見れば奇妙な二人組であっても、彼らにとってはそれがこの上なく自然な形だったのだろう。

そんな少女はここにいない。

空気に流れはなかった。ただただ重苦しい閉塞感だけが場を支配している。

つまりは、

「世界の全てを手に入れたっつっても過言じゃあねェのに、わざわざ自分で選ンだ場所はコンな石室だ。人間ってのは持てば持つほど自由から遠ざけられちまうのかもな」

対面の席につく事を『許された』黒スーツの黄泉川愛穂は、しばらくの間この怪物と言葉を交わしていた。費やした時間は決して短くないが、しかし苦を覚えている場合ではない。逆に一言二言しか許されない方が恐ろしい。彼女の表情は決して明るいものではない。統括理事長の言葉は学園都市二三〇万人の運命を直接的に左右し、さらには科学技術の総本山として世界全体七〇億人以上の生活まで揺さぶってしまうのだから、当然と言える。

科学技術に『絶対の正解』なんかない。

例えば自然分解されないマイクロプラスチックを蛇蝎のように嫌うのは結構だが、そのために全く同じ量の紙のストローやカップを大量生産したらアマゾンの熱帯雨林は瞬く間に消滅していくだろう。正しい事を言えば憂いなく正しい未来へ進める訳ではない。歪むのだ、世界は。この新統括理事長が気紛れに言った一言だけで簡単に歴史のレールは切り替わってしまう。右から左へと、いともあっさりと。しかも行き着く先に待っているのは、プラスチックで埋まった海か砂漠と化した大地か、だ。正しい事を言えば正しい未来へ進める訳ではないのと同様に、目の前の間違いさえ回避すれば一つも間違いのない未来へ行ける訳でもない。

世界を操る者と対話をしている。

望む望まざるに拘らず、黄泉川愛穂は神々のゲームに参加させられている。

犯罪をなくそう、病気をなくそう、事故をなくそう、災害をなくそう、戦争をなくそう、悲劇をなくそう。

誰でも思いつく言葉だが、それを言い放ったが最後、怪物の矛先がどう動くのか、そしてそれが広い世界全体へどんな風に影響を与えていくのかは絶対に考えなくてはならない。この席につく以上は、知らなかったでは済まされないのだ。

決められたカードの中から、一枚を選ばせるのではない。

テーブルには存在しない新たな選択肢を、新統括理事長という怪物の頭からひねり出させる。誘導するならそれくらいの覚悟が必要になってくる。

そういう意味では、

(……確かに、こいつの選択は極大じゃん)

「本当に、じゃん。それで良かったのか?」

「何が」

「正直、他にもやりようはあったと思う。アンタのやり方は正しいかもしれないけど、どう考えたって悲劇の発生を前提としているじゃんよ」

「笑わせるぜ」

「少なくとも、聞いていて楽しい話じゃない！」

「ならどォする？」

怪物は小さく笑っていた。

口元はそのまま音もなく裂けて、三日月のように広がっていく。

「俺を止めてみせるか。今ならサービスで、オトナの権限は封印してやったって構わねェがよ。だから、それで、オマエに何ができる？　ガキの世界まで降りてきて、一体何を」

「……、」

「そォいう事だ。本当はもォ分かっているはずだぜ。オマエは、新統括理事長って言葉の響きが怖ええ訳じゃあねェ。かと言って学園都市第一位なンていう数字の話でビビった訳でもねえンだろ。……本当は、分かってる。これが一番『正しい』選択なンだってよ。その正しさを崩せそォになかったから、オマエは俺の胸ぐらを摑む事ができなかったンだ。良いンだぜ、そのちっぽけなプライドは美徳だ。よォは、ガキの見ている前じゃ大人が駄々をこねる訳にゃいかねェって話だろ。『木原』だ何だ、あの連中に比べりゃずっとまともだ」

「けど……ッ!!」

「野望を始めよォぜ」

宣言があった。

大人達が作ってしまった子供の、幼稚だが残酷な言葉が。

まるで自分達で作って飛ばした人工衛星がコントロールを失って頭の上へ降ってくるように。

しかも人類の科学技術の粋を結集して作ったその衛星には重水素だのナトリウム冷却だので動く危険な宇宙用原子炉がみっちり搭載されているときた。

報いかもしれない、と黄泉川は思った。

だがそれは、誰から誰に対しての、だ？

「くそったれの統括理事長らしく、色々と小難しい事を考えてよ。こっちは今まで散々頭ン中をいじくり回されてきた。オマエ達、大人の都合ってヤツでな。その大馬鹿野郎の権限が丸ごと俺の方にやってきたンだ、だったら覚悟を決めろよ。今度は、この俺が。自分のために賢い頭ァ使ってチカラァ振り回したって文句はねェはずだ」

「……、」

「今日まで時間は与えた。準備なンざとっくに終わっているだろう。ここまできて、できていないとは言わせねェ。聞きてェのはぐだぐだした進捗じゃァねェ、きっちり耳を揃えての準備完了の最終報告だ。そのためにオマエを呼びつけたンだぜ、この上ない人材としてな」

黄泉川愛穂はそっと奥歯を噛んだ。

「全部変わる」

「ああ」

「この街の子供だけじゃないじゃんよ。アンタが一人で選んでしまったその選択は、七〇億人以上が暮らすこの星全体の行く末だって……っ!!」

「それくらいじゃねェと、意味がねェ」

　確信犯であった。

　黄泉川愛穂は学園都市の子供達を守る警備員だ。もしも今ここで目の前の白い怪物を床に引きずり倒して後ろ手に関節を極めてしまえば坂道から転げ落ちる雪球を止められるとしたら、彼女は迷わずそうする。無手の状態で最大一〇億ボルト以上の高圧電流を生み出して制御下に置く第三位の『超電磁砲』や人の心を意のままに操る第五位の『心理掌握』、それらを大きく引き離しての、堂々の第一位。そのおぞましい能力の正体を知っていようが、お構いなしに素手で掴みかかる。だけど黄泉川は理解している。そんな事をしたって『大きな流れ』を止める事も変える事も叶わないと。

　そんな方法では、誰も守れない。

　馬鹿でも分かる事だが、人を救うとは簡単な話ではない。

「できてンだろ。引き金は？」

「……、」

「オマエに任せたいと言っている。できねェならよそへ回すだけだがな。世界の結末に関わるのか、関わりたくねェのか。選べ、どっちが良いンだ」

どこまでいっても黄泉川愛穂は一教師でしかなく、目の前の相手はその全員を束ねる新統括理事長だ。

かつての関係性がどうであろうが、その事実は覆せない。

忸怩たる思いだった。

彼女は何もできぬまま吐き捨てた。

「……変わったじゃんよ、アンタ」

「そォさせたのは俺じゃあねェ。変えた側の人間がナニ寝言を言ってやがる」

水面下では、すでに始まっている。

オペレーションネーム・ハンドカフス。新時代を象徴する『計画』が。

第二章　変わる学園都市、前夜　the_24th,Showdown.

1

デスルールが加わった。

ゼロを飛び越してバーストしたクソ野郎には罰ゲームをお見舞いするものとする。

「ねえ待って、無理だよ!!　だってこれトナカイの着ぐるみじゃねえかッ!!　こんなの着たままダーツ投げるとか絶対無理だって!?　あのこれちょっと見て、手のトコ鍋摑み(なべつか)みたいになってるよ!!」

「じゃあとうま、こっちのにする？　ソリ」

「もはや着ぐるみですらねえし……ッ!!　ただの四角い塊でしょうがよ!!」

元々、バーストは『上がり』の直前でなければ発生しない。仮にミスしても一六なり三二なり直前までの残り少ないポイントに戻るだけなので、放っておくと次のラウンドでそのままクリアされてしまうのだ。となると勝っている側の足を引っ張るローカルルールをつけるのが妥当と言えば妥当ではあった。

　幸い、ここにはパーティグッズが山ほどある。

　成功者の邪魔をする道具については事欠かない。

「くっくっくっ」

　そしてヨコシマな笑みを浮かべる女子中学生が一人。

　御坂美琴が軽めに魔王モードに入っていた。

「イヴでも互いの足を引っ張り合う馬鹿どもめ、そこで勝手にもがいているが良いわ。そしてこの間に私は一〇を三回連続ただ当てて『上がり』を獲る!!　同じ軌道を描くだけだからこんなのカンタ……」

「おっと慣れないトナカイ角が何かに当たったぞ？」

「あひっ⁉」

　謎の刺激に背中を丸ごと撫で上げられた美琴が垂直に軽く跳ねた。

　しかし何かがおかしい。

　顔を真っ赤にして口をパクパクさせながら彼女がこちらを振り返って語るには、

「あ、ああ、アンタ。ぶぶぶブラ今ぶぶぶぶホック……」

「えっ、なに⁉　もしかして想像以上のアクシデントに……ッ⁉」

どっかに飛んでいったダーツの矢はよりにもよって一発でど真ん中のブルズアイに突き刺さっていた。残りの持ち点三〇から五〇点削る事になるので即刻バーストである。

水面下の攻防に全く気づいてねえインデックスがプラスチックでできた衣装ボックスを覗き込んで、

「じゃあ短髪はこれかなー？　サンタクロース！」

「ああっもう‼　けどダメージは少ないか、赤いズボンと上着だけならアクションには干渉しないはず……」

「オーストラリアの‼」

「真っ赤なビキニとミニスカじゃねえかっ‼　悪意がないのが逆に怖いわ‼」

ワンセット押し付けられて軽く涙目になっている美琴だったが、罰ゲームは絶対だ。先に上条当麻がトナカイに化けていたのも大きかった。こちらが押し付けてしまった以上、自分はやらないは通用しない。上条は場所だけ教えておく、そっちにあるのは今ホームセンターで買ってきたカーテンレールを使って雑に囲みましたといった感じの手作り更衣室だ。

くそうー……と口の中で呟きながら美琴はちょっと奥まった方へ消えていった。

「投げますよ。上条さんのラウンドですよ‼」

「もう一回バーストしたらどうしてくれようかとうま」

と、そこで上条が気づいた。

　彼はダーツの矢をにぎにぎしながら、

「なんかこれベタベタするな？　インデックス、お菓子触った手でこれ握ったか？」

「えー？　私知らないけど」

　あっさり言っているが、彼女は完全記憶能力があるので『知らない』は絶対だ。本当に心当たりがないのだろう。白い修道女が首をひねりながら上条のダーツを触ってみると、

「特に何にもなくない？」

「嘘だあ、絶対なんか引っかかるって。さっきまでの感じと違うんだよな……」

　上条は唇を尖らせて右手を開いたり閉じたりしていた。ただしトナカイ着ぐるみなので、両手も鍋摑みみたいなパーツで覆われてしまっている。

「……なあインデックス、この表面に何かついてる？」

「特に何も」

「じゃあ素材同士で干渉してんのか。何気に不思議現象が起きてるぞ」

　乾いたハンカチやティッシュで拭いたところでどうにかなるものでもない。確かトイレの方にウェットティッシュがあったはずだ。頼るならそれくらいしかなさそうなので、いったん休憩してお店の奥まった方に向かう。

　角を曲がるとカーテンの塊が見えた。

　更衣室だ。

そして急に気づく。

(そういや御坂のヤツまだ帰ってきてないじゃん。あいつなんか手間取ってんのか?)

もちろん閉めっきりで中から小さく揺れてるカーテンの方には近づかなかった。だって怖い。そう怖いのだ。何しろ不幸体質の上条当麻とおざなりな更衣室の組み合わせである。どう考えたって食い合わせが悪かった。仮に今いきなり天井のカーテンレールが丸ごと落ちて着替え中のあれやこれやとご対面したらどうなるか。このトナカイの着ぐるみでは機敏に回避など期待できない、右手だってミトンみたいな手袋に覆われたままだ。そして相手は腐っても学園都市第三位、その異名は超電磁砲である。きゃーえっちーで艦砲射撃クラスの一撃が襲いかかってくるのでは命がいくつあっても足りない。

(……やだやだ、さわらぬ神に何とやらですよ)

心の中で呟きながら更衣室の横を無事通り抜け、男女兼用の化粧室の扉を開け

そこで己の記憶が飛んだ。

ただ真っ赤。

そして上条当麻は通路の廊下に転がっていた。

「?　???」

何が起きたのか、本当に理解できない。

記憶というフィルムに明らかな抜け落ちがある。

気がつけば上条は床へ仰向けに転がり、そしてユデダコみたいになった御坂美琴がそんな少年の上で馬乗りにまたがっていた。先ほどまでのブレザー制服ではなく、何故か色彩は赤。そう、南国のサンタクロースと化しているのだが、

「あれ何が？　いや、確かドアを開けたら誰かが着替……」

「やめろ馬鹿思い出すなッ!!　そのままショックで忘れていろお!!」

割と本気のグーでボカスカされたが、そんな事では人の記憶は引っ込められない。

そして上条当麻はカッ！　と両目を見開いた。

「そうだよお前っ、何でこっちで着替えてんだ!?」

「だって、だって先に行ったアンタがその口で言ったんじゃない。着替えるなら奥だって……」

「誰でも見える場所に更衣室は用意してあったろ!!」

「あれだったの!?　だって、スタッフオンリーっぽい香りがしてたじゃん!?」

あの閉めきったカーテンは確かに揺れていた。内側から。何故!?　上条が世の中の理不尽に疑問を膨らませていると、天井からごぉーっという音が聞こえてきた。エアコンだ。あの野郎の温風がカーテンを揺らしてやがった。

「てか御坂さん、あわわ。冷静に考えたらアレがああなって、あわわわわわ」

「思い出すなっつってんでしょうが!!!!!!」

トナカイにまたがったままサンタさんが全力で叫んでいた。

ひょっとしたら、この光景にはソリが足りないのかもしれない。

2

「ふう……」

御坂美琴(みさかみこと)はそっと息を吐いていた。

今や少女は元のブレザー制服に戻っている。

それでもまだ服の中に籠った体温の自己主張が激しいのだが。

とにかく別の事を考えないと四二度のボーダーを超えて死ぬかもしれない。

(うー、やっぱり体から出てる微弱な電磁波のせいかな……。なんかあの三毛猫ちゃんに避けられているような気がするのよね。地味にショックだ)

あれからダーツを何ゲームか立て続けに消化した。

一日の長、というよりは狙って撃つという行為に心が慣れているためだろう。彼女の『自分だけの現実(パーソナルリアリティ)』は特にそういう方向で尖(とが)っている。全体で見ればやはりスコア的には御坂美琴(みさかみこと)の圧勝だった。そして男物のコスチュームが少ない事がゲームのルール上災いした。バーストは即ペナルティだとあれほど言っているのに連発しまくったあのツンツン頭に着せられる罰ゲームの衣装が一巡して底を突いてしまったのだ。

（ああっもう。どうして集中が乱れているのか大体予想がつくからツッコミ入れづらいんですけど!!）

迂闊に思い出そうとして、美琴は慌てて体温上昇の兆しを見せた自分の頬を掌で扇ぐ。

その合間を縫っての小休憩である。彼女は少年達のいるフロアではなく、ちょっと裏手に潜り込んでいた。こちらには化粧室の扉がある他、カスタムグッズを並べた販売コーナーができている。何をと言われれば、もちろんダーツの矢だ。……あまりスコア自体には影響しないというか、大きく影響を与えるようなパーツがあったら国際試合を取り仕切る団体が除外させてしまうと思うのだが、好きな人はこういう所にもこだわる。借り物の矢で十分な美琴がざっと見た感じでは、キラキラ光るルアーの自作パーツのようにも見えた。

クリスマスイヴは、何事もなく過ぎていく。

ように思える。

「……、」

しかし一方で、先ほどから美琴の背筋の辺りに何かピリピリする感覚がまとわりついていた。

機械ではない、人の視線だ。おかげで休憩に入る前のゲームは傍から見ても一投一投でやけに長考していたのが分かっただろう。

例えば今、出入口の方へ目をやってみれば、何もない。

だけど視線を外してみれば、再び気配がまとわりついてくる。

気のせい、ではないのだろう。

……店の前にある街頭のカメラや警備ロボットのレンズを経由して外の様子を観察してみても、絶妙な角度にいるのか何も映らないのだから。

位置を把握しつつ、美琴が目を向けるか否かで出たり引っ込んだりを繰り返している。どう考えても彼女を観察している。

彼女自身、常盤台中学の学校行事をサボって自由を満喫している身だが、そういったお嬢様や女教師などであればこういう動きにはならないはずだ。

（流石にきな臭い、かな？）

学園都市は、入学案内のパンフレットにある『だけ』の街ではない。

いる所にはいる。

路地裏の不良から行政ビルのてっぺんで街全体を見下ろす金持ちまで、不穏な影、悪党というものが存在するのだ。これらは奇麗に階層で分かれている訳ではなく、それぞれ複雑に絡み合っているから手に負えない。大人達がドロップアウトした子供達を顎で使って犯罪の実行犯に仕立てる事もあれば、多数の研究者が危険な天才に傅いている場合だってある。

そういう意味では、学園都市第三位・超電磁砲はそういうトラブルに巻き込まれやすいという側面があった。

外の世界を知らない温室育ちのお嬢様が漠然と暗闇を怖がっているというのではなく、実際、彼女のＤＮＡマップを巡って大きなプロジェクトが動いていた訳だし。

（……確かめてみるか）

軽い休憩を切り出したのもそういう理由があった。

こういう時、流れるように本音と建前を切り替えられる自分が少女は嫌いだった。しかし先ほどからの妙な注目が超能力者（レベル5）というカテゴリそのものに由来するのであれば、あの少年達を巻き込むのは筋が通らないだろう。

「……ったく、せっかくのイヴだっていうのに」

美琴（みこと）はそっと呟（つぶや）くと、化粧室と一緒に並んでいたスタッフオンリーの扉の電子ロックを外し、そのまま奥へ。オートロックなのでドアは閉まるままに任せ、すぐそこの壁の天井近くに取り付けられていたステンレス製の排煙口を開放する。高さはざっと三メートルほどあったが、磁力を操って壁に張りつける彼女にとっては移動の妨げにならない。そのまま気軽に外へ出る。

クラシックな内装から一転して、外から見ればいくつか金属コンテナを連結したような建物だ。おそらく３Ｄプリンタで作った大きなパーツを組み立てる、樹脂製建売住宅の応用だろう。美琴（みこと）の磁力で張り付けるのは、強度不足を補うために通した鉄筋のおかげだ。

そして単純なようだが、移動の自由と尾行の撒（ま）き方（かた）はイコールで結ばれる。例えばヘリコプターや潜水艦があればそれだけ有利に逃げられるのと同じく。

しかし、

(フロアの防犯カメラは……ダメか)

自分の能力を応用してダーツバー店内の防犯カメラの映像を携帯電話に送ってみたが、何もない。というより映像そのものが固まっていた。パッと見では分かりにくいが、カメラの真下を人が通っても分からないように介入・加工されている。

やはり自分の目で確かめるしかなさそうだ。

美琴はまだ視線が刺さるのを感じながらも、裏手の非常口から再びダーツバーの店内に入った。回り道してさっきのスタッフオンリーの扉まで戻る構造になる。

(電子ロックに排煙口。私と同じ能力を持ってないとどっちかで引っかかるはず。誰がどんな理由で付け狙ってきているかは知らないけど、今度は私が立ち往生しているアンタの後ろを取ってやるわ)

当然、追い詰められたネズミが猫に嚙みついてくる恐れもある。滅多な事では倒れる事のない第三位だが、逆に言えば滅多な事が起きるのが学園都市の暗い部分の恐ろしい所でもあった。

この界隈に、絶対はない。先ほどの扉に近づくにつれ、美琴の胃袋の辺りに重たい感触がのしかかってくる。

「え……？」

そしてスタッフオンリーの扉はわずかに開いていた。

錠前を壊したのではない。電子的な手段で開放されている。

「私と同じっ⁉」

まるで鰐の顎に直面したように、美琴は半開きの扉から大きく後ろに飛び下がる。

ありえない事が起きている。

学園都市で七人しかいない超能力者、その第三位。だというからには、『同じ』能力を使う者などいないはずなのに。

分からないという事は、能力を扱う彼女達の戦いにおいてはそれだけで致命的だ。

たとえるなら理詰めで進める将棋やチェスの盤に、誰も見た事のない謎の食玩人形が置いてあるようなもの。いくら全体の布陣ではこちらがリードしてようが、あの駒の動き方次第では一発で自分のキングを取られる。

(まずいっ……)

想像以上の規模だ。

距離、方向、人数、遮蔽物や攻撃手段。そういった具体的な項目よりもまず、漠然とした大きな主導権を見えない誰かに押さえられている嫌な感覚が心臓を鷲掴みにかかってきている。

この一秒は何ターンの遅れに相当する？　仮に相手が明確な害意を持って詰将棋のようにこちらの自由を封殺にかかった場合、すでにその刃はいつでもこちらの喉を真横に切り裂ける位置をキープしているのではあるまいか。

　敵はスタッフオンリーの扉の電子ロックを解除し、奥に進んでいる。もう一つの関門、壁の排煙口はどうしているだろう。扉を開けて調べるよりも、まず扉ごと一発撃ち抜いてから踏み込むべきでは。そんな事まで考えてしまう。

『超電磁砲(レールガン)』。

　というからには、その名に相応(ふさわ)しい絶大な高火力を備えているのだし。

(まずい!!)

　反射的にスカートのポケットに細い手が伸び、親指の腹でゲームセンターのコイン の感触を確かめてしまう。

　その時だった。

「……、か……」

　薄く開いた扉の奥から何かが聞こえてきた。

　それは声だ。

　しかも予想外だったのは、知らない声ではなかった事だ。

「そうかー。迷子になったのは分かったけど、ここはお店の人しか入っちゃダメなトコだからな。いったん部屋の外に出て、俺と一緒に店員さんの所へ行こうぜ」

　迷子、と呼んでいた。

そのせいか口調は大分丸くなっているが、声自体は聞き覚えがある。というかついさっきまで一緒にダーツをやっていた、あのツンツン頭の少年のものだ。

(なにが……?)

そういう見た目の能力者なのだろうか。あるいは見た目そのものを擬態できる次世代兵器を使っている？　いいや、そもそも知り合いの声そのものが加工された音声かもしれない。

しかしこれで、ドア越しにいきなり音速の三倍でゲームセンターのコインをぶち込むという選択肢は消えた。確かめずに発射するのはあまりにも怖い。

「……、」

音を出さないよう気をつけながら、美琴(みこと)はそっとスタッフオンリーの扉を掌(てのひら)で触れた。そのままゆっくりと奥に向けて力を加えていく。扉の隙間が広がっていく。

床の上で犬みたいに這(は)いつくばった年上の高校生が一〇歳くらいの小さな女王様に裸足(はだし)で踏みつけにされていた。

「だから無理だってそんな高いトコにある穴から外に出るとかっ!?　裏に出たいなら勝手口なり非常口なり使えば良いじゃない!!」

「けど確かにミサカの見立てではここを通ってお姉ちゃん(オリジナル)は外に出たはず、ってミサカはミサカはちょっぴり磁化した金属を見てカンペキ名探偵ぶりを発揮してみたり！　あの排煙口を越えない限り、真実には追い着けない……ッ!!」

裸足でご褒美もらっている豚野郎はもはや説明不要として、だ。

小さな少女の方についてだが、こちらは栗色の髪を肩の辺りまで伸ばした勝ち気な顔立ちで、薄手のワンピースの上から外行きの分厚いコートを重ね着しているのだろう。おかげで上半身はもこもこ膨らんでいるが、下は生脚だ。アンバランスで、目が潰れるほど眩い太股が危なっかしい。

同じ手段を使ってきた、という辺りで気づくべきだったかもしれない。

この少女は、御坂美琴と全く同じＤＮＡマップを『使っている』のだから当然だ。もっとも実際の出力の方は美琴ほど届かなかったようではあるが。

栗色の髪に活発そうな顔立ち。

見た目の年齢こそ大きく違えど、細部のパーツは美琴と何も変わらない。

「……ここで何してる？」

「ハッ⁉　は、はんにんはげんばにもどるのほうそくがはたらいている？　ってミサカはミサカは恐る恐る振り返ってみたり」

「振り返る前にまず降りなさい！　その野蛮な男の上から‼」

まったく年端もいかない少女に向かって投げ放つような言葉ではないのだが、指摘しない事には始まらない。

そして美琴が慌てて促した結果、裸足の女の子が足を滑らせた。そのまま腰が真下に落ち、這(は)いつくばった少年がまんま椅子役として小さなお尻を受け止める。

「ぎゃん、ブヒィーっ!?」

「おおナイスキャッチ、ってミサカはミサカはお兄さんに腰掛けたまま満点評価を与えてみたり」

小刻みに震えるツンツン頭(豚野郎仕様)は返事もできないようだった。

苦痛のほどは想像もできないが、あんまり実感もいらなかった。明らかに、豊かな人生を過ごす上では不要な経験値だ。

……それにしてもあの男、昨日の深夜に会った時も別の幼女に振り回されていなかったか。占いなど信じるタチではないが、幼女の相、まさかほんとにあるのか? 嘘(うそ)から出たまことというか、冗談で言い放ったはずだったのにッ!?

ともあれ、

(視線の正体はこの子か……)

「そっちの事情は詳しく知らないけど、一人で出歩いて良い状況なんだっけ? 保護者とか何してんだか」

片手を腰にやり、美琴(みこと)がそっと息を吐いた時だった。

「はいお姉様(オリジナル)。そういう訳でこのミサカが逃げた馬鹿野郎を捜索しておりました、とミサカは律儀に報告いたします」

　真後ろからの声だった。

　ガチリという小さな硬い音の正体が後を追う。

　肩を震わせて慌てて振り返ってみれば、今度こそ。御坂美琴と全く同じ目鼻立ちの、見た目の上なら一四歳程度の少女が無感情な瞳をこちらに向けていた。

　額には特殊なゴーグル。さっきの金属音の正体は、手にした拳銃のハンマーを親指でゆっくりと戻した音だった。

　しかし日本の首都らしからぬ物騒なオモチャよりもまず美琴が驚いたのは、

「うそでしょ、今、どうやって私の背後を……？」

「微弱なマイクロ波を全周に解き放って反射波で死角を潰す対人レーダー走査は確かに有用ではありますが、弱点がない訳ではありません、とミサカはドヤ顔を決めてみます。電磁波とは言葉の通り波。使っている周波数さえ分かれば、逆位相の波をぶつける事で打ち消せますので。どやぁ」

　言葉でなんか言っているが、表情の方は相変わらずの無だった。

　偶発的に発生した第三位の超能力・超電磁砲を人工的に再現・量産しようとして出力不足に陥った軍用量産クローン計画の実験体、通称『妹達』。

そして総数二万もの『妹達（シスターズ）』を微弱な脳波のネットワークで繋（つな）ぎ、マクロな視点で全体の反乱を防止し完全な制御下に置くために製造された特別な個体が、打ち止め（ラストオーダー）。見た目が幼いのは、意図して脆弱（ぜいじゃく）な肉体にその役割を押し付ける事で、研究者達が扱いやすくしたかったからだろう。セーフティ自体が反乱を主導してしまっては元も子もないのだから。

学園都市。

その科学技術の負の側面が、これでもかというほど凝縮されていた。

だけど愚行がなければそもそも生まれてこなかったのも事実ではあるのだが。

ひとまず打ち止め（ラストオーダー）は二〇〇〇一号で確定だが、大勢の妹達（シスターズ）は外見だけだと誰が誰だか分かりにくい。ゴツいゴーグルを額に掛けた少女へ、美琴（みこと）は思わずこう尋ねていた。

「検体番号（シリアルナンバー）は？」

するとどういう訳か同じ顔の少女はそっと胸元を開き、ハート形のネックレスをチラ見せしながら、

「あなたの一〇〇三二号です、とミサカはささやかな独占欲を行使してみます」

「……何故（なぜ）こっちを見ない？　幼女の椅子と化した豚野郎をじっと見ている？」

「どやぁ、とミサカは繰り返します。何度でも」

『妹達（シスターズ）』はネットワークで連結した一つの巨大な脳である一方で、個々のクローン自体はそれぞれ勝手に学習を深めて個性を伸ばしていると聞いた事がある。……だとするとこれ、何や

ら変な方向に進化が進んではおるまいか？　なんか円周率や駅名の丸暗記に固執して、それしかできなくなった自称天才少女を見るような優しい目になってしまう。

「みっ、御坂妹……」

「はい」

「そろそろ俺の上にのってるこのおてんばの極みを何とかして。これ以上どったんばったんやられると、腰がっ、ぶひい、腰がもうらめえ……」

「了解しました。お姉様ではなくこのミサカが、あなたの一〇〇三二号が危機的状況の打開に向かいます。どやどやぁ」

「アンタ、まさかと思うけど変なウィルスとかに感染したりはしてないわよね？　いや、むしろ何もなくてこれの方がアブないのか……」

一説によると、狙った行数だけを悪意的なコードやパラメータに書き換えるウィルス被害よりも、悪意なく自らの力で間違った学習を全体に行き渡らせてしまったＡＩの方が手動回復は困難らしい。弱点ではなく個性として自分と付き合っておくれ、と美琴は遠い目をして思いを馳せていた。

「というか『あっちサイド』の都合に振り回されるのは業腹ではあるのですが、とミサカは己の立ち位置を表明します。司令塔たる最終信号の意志は尊重するというか勝手にしやがれなのですが、ミサカはミサカで本来であれば真っ白な超能力者派ではなくツンツン頭の無能力者派なのです」

ともあれ、一瞬前まで場を支配していた緊張は錯覚だったようだ。

……対人レーダーの相殺については今後の研究課題として頭の片隅に留めるとして、ひとまずクローン人間を二万人も作って腹に抱えるような学園都市の暗い部分が表の生活にまで噴き出してきた訳ではないらしい。

そっと胸を撫で下ろす。

こういった『過剰な確認作業』は空き巣の被害にあった人が外出前に窓やドアの施錠を延々確かめないと気が済まなくなるのと同じで、終わった事件のカサブタを自分からいつまでも引っかき続けるようで決して後味の良いものではないが、それでもやり過ぎて損をする事はあるまい。ツンツン頭の少年が御坂妹と呼んでいる個体は一〇〇三二号。それより前のナンバリングはもう存在しないのだから。『あんな事態』に陥るのだけは御免被る。もう二度と、絶対にだ。

御坂妹が小さな打ち止めの両脇に左右の手を差し込む格好で取り上げたので、ようやっとツンツン頭は自由を取り戻したようだった。壁に手をついてのろのろと起き上がり、おじいちゃんみたいに腰の後ろをとんとん叩きながら、

「や、やたらとぱわふるな女の子に襲われたせいで危うくクリスマスイヴに腰をぶっ壊すところだったぞ……」

「言動が不穏」

「ダメですよお姉様。これは何も知らない少年の口から無自覚に放たれた言葉をこちらで好きな形に置き換えて頭の中で楽しむ知的なパズルなのです、とミサカはルーキーに正しい嗜み方をレクチャーします。紳士淑女の高貴な遊びに横槍など無用、ここは黙ってニヤニヤしましょう」


そもそも打ち止めがどうして病院なりマンションなりを抜け出して街を徘徊していたのかなどの謎は残るが、ひとまずお開きとした方が良いだろう。スタッフオンリーの事務室にいつまでも留まっているのは不自然だし、ましてそれが（打ち止めなどは多少の年齢感に違いはあっても）全く同じ目鼻立ちの少女が三人も同じ場所にいるという条件まで重なると、注目度が無駄に上がってしまう。その気になれば双子と歳の離れた妹、で押し通せるかもしれないが、事は国際条約で禁じられたクローン人間だ。研究者達の冷たい決定によっては『バレたら殺して処分』もありえる以上、かもしれない程度の確度で無意味なギャンブルに走るのは危険過ぎる。

（そうなると、一緒にダーツを楽しみましょうって雰囲気にもならないか……）

まるで仲間外れにするようで忸怩たる想いもあるのだが、無理に固執する方が幸せで事件のないクリスマスイヴを破壊してしまう恐れが高い。それは美琴にとっても御坂妹にとっても望む状況ではないだろう。

いつか彼女達も、大手を振ってお陽様の下を歩ける時がやってくる。

そこまでは安全策で繋いで、時間を稼ぐのが最良だ。

「とにかく出ましょう。いつ店員さんが休憩なんかでこっちの事務室にやってくるか分からないんだし」

ともあれ、怪しい追跡者や襲撃者なんていなかった。

ひとまずの確定にそっと息を吐いて、美琴がそう切り出した時だった。

それは来た。

ドゴァッッッ!!!!!! と。

外からの凄まじい衝撃を受けて、頑丈な現代建築の事務室が丸ごと寸断されたのだ。

3

「おっとと……」

そしてどこかで誰かが呑気に両目の上辺りに片手をやって、ひさしを作っていた。

影は囁く。

ラッキーカラーで染め上げた毒々しいドーナツのせいか、唇の近くにあった生クリームを妖しい舌で舐め取りつつ、

「ちょっと誤差っちゃいましたかね？　注意注意、と」

4

風景全体が、ズレた。

はっきりと断層のようなものがある。

細長い直方体の部屋だった事務室が、いきなり手前と奥で分かたれる。インデックスと美琴が瞬時に視界から消えた。上条の眼前に巨大な崖がそびえていた。二人の少女は垂直に打ち上げられてしまったのか。

（っ、違う⁉）

厳密には逆だった、と気づいたのは頭上からのしかかる大きな影の意味を捉えてからだ。向こうが飛び上がったのではなく、こちらの床が深く沈み込んだのだろう。壁も天井も地盤すらも切り裂かれ、上条や打ち止めは地下へと呑み込まれつつある。

「まずいっ‼」

床全体が斜めに傾いでいた。

平素のイメージと全く違い、地盤そのものが嵐の小船のように大きく揺れている。平坦な大地に作られた鉄筋コンクリートの建物のくせに、今では急こう配の下り坂。そしてグリップのない打ち止めがころころ転がるようにして落ちていく。

一〇〇トン以上の地盤同士が激しく噛み合っているのだ。

巨大でゴツゴツした断面はこうしている今も蠢いている。あんな接触面に手足が触れたら、そのまま噛みつかれて千切れてしまうかもしれない。

しかしそんな上条の懸念は否定された。

口が開いていいたのだ。

ただの土の壁ではない。地下空間があった。土地の限られた学園都市は足元だって開発の手が過密気味に伸びている。おそらくは駅と駅を繋ぐ地下道が破れたのだろう。不自然なまでに沈み込んだ。なので本来は足元にあるはずだった通路の断面が、こんな所にまで顔を出している。

まるで最初から狙ったように、だった。

打ち止め一人を呑み込むと、シーソーのように地盤が揺らぐ。上下の段差が均されてしまうと、地下道の口が閉じてしまう。

(ただの事故とか災害とかじゃない)

当たり前だ、こんな自然現象があってたまるか。具体的な手法までは見えていないが、どう考えたって人の手による『悪意』が透けている。

何かしらの超常を使って攻撃されている。放っておいても良い事なんか一つもない。

決断の時だった。

（だとすると、今はあの子を一人にするのはまず過ぎる!!）

「ばっ、危ないわよ!!」

「お前はインデックスがどうなったか確かめてくれ。頼む!!」

美琴が上の段から叫んだが、下の段にいる上条の行動を止める事はできない。彼はむしろ自分からグリップを放棄して、下り坂と化した床を滑って地下道へ飛び込んでいったのだ。

間一髪だった。

遅れて上条が地下道に飛び込んだ直後、地盤という大顎が閉じる。三秒遅れていたら上半身と下半身は一〇〇トン以上の猛烈な荷重によってウィンナーのように噛み千切られていただろう。

床に転がったまま、上条はこれだけ尋ねた。

「大丈夫か、打ち止め……」

「うん、怪我とかはないけど、ってミサカはミサカはあちこちキョロキョロ見回してみる」

普段であれば何の変哲もない地下道だろうが、今はそこらじゅうに亀裂が走り、コンクリートの裂け目から黒土がこぼれていた。電気系統もやられたのか蛍光灯は軒並み死んでいて、所々から仕掛け花火の輝きに似た電気的な火花が壁や天井から散発的に、滝のように降り注いでいる。

「んー」

打ち止め(ラストオーダー)は小さな掌(てのひら)で自分の服をパンパン叩(たた)いていた。奇麗好きなのかもしれない。

辺りは映画館のように暗くて、千切れた配線やコンクリートの破片がどこに落ちているかも分からない。亀裂の場所を把握しておかないと、大量の土砂で生き埋めにされるかもしれない。

暗闇の中では危険だが、携帯電話のＬＥＤライトに頼るしかない状況だ。

両手を上げて小さな女の子がぴょこぴょこ飛び跳ねていた。

「ミサカもピカピカできるよ、ってミサカはミサカは胸を張ってみたり」

「何だ？　無事な蛍光灯に電気でも通せるとか？」

「この髪をバチバチさせるの!!」

これについては丁重に辞退しておいた。暗がりの中だと、光源は真っ先に狙われる。頭や髪なんていうのは一番危ない。

やはり心細いのか。小さな掌(てのひら)でこっちの服をきゅっと握り込んで、打ち止め(ラストオーダー)はこう尋ねてきた。

「これからどうするの？　ってミサカはミサカは相談してみる」

「そうだな……」

しかし自由に動けるとして、どこへ行く？

何をすれば安全を確保できる？

（考えろ……）

壊れかけの地下は明らかに危険だが、地上に出ても安心とは限らない。開けた場所に出た事で集中砲火を浴びるリスクだってもちろんある。

だから闇雲な迷走よりも、動く前に方針を決めておいた方が良い。

第一に考えるべきは、

（こいつが人の手による攻撃だとして、まず誰が狙われたのかってところだ）

上条自身、という可能性もゼロではないが限りなくゼロに近いだろう。だって不幸だから、と言っていたらキリがない。ここが科学サイドの総本山・学園都市である事を考えると、第三位の御坂美琴を筆頭に、そのクローンの妹達や司令塔たる打ち止めも極めて価値が高い。

いいや、

（……中でも特別扱いは、やっぱりこの子か）

「？」

上条の視線を受けて、当の打ち止めは困ったように首を傾げていた。

そもそも大地の大顎が開いて打ち止めだけが呑み込まれたのは、偶然ではなくそういう意図があったのでは、とも思ってしまう。

一方で、あのダーツバーにはもう一人、全く別の重要人物がいたのも事実だった。

インデックス。

魔術サイド、という別の世界がある。彼女は一〇万三〇〇一冊以上の魔道書を頭の中に完全記憶する魔道書図書館なる役割を持っており、世界中のアウトローな魔術師達がその叡智を狙って暗躍しているらしい。この場合は、打ち止めを使ってインデックスの近くから上条当麻を遠ざけた、と見る事ができる。

つまり、科学か魔術か。『見えない敵』がどっちに属しているかで、この先の展開は大きく変わる。読みを外せば間違った方向に盾を構える事になり、結果、背中や脇腹を集中砲火されて大打撃を受ける羽目になるだろう。

最初の一撃で建物全体が倒壊していない限りは、インデックスについては美琴や御坂妹がついている。そうそう簡単にはやられないだろう。

……この先、取り得る選択肢は大きく分けて二つ。

一つ目は、一刻も早く地上に出てインデックスや美琴達と合流する事。インデックスか、打ち止めか。どっちが狙われているにせよ二人を抱き合わせにしてしまえば、襲撃者は同じ地点に攻撃を仕掛けざるを得なくなる。科学か魔術かの区分なんて関係なく、顔を出したところを総攻撃して叩きのめせば脅威を排除できる。

二つ目は、インデックスと打ち止めを速やかに引き離す事。これによって、襲撃者がどちらを追うかで科学か魔術かの所属がはっきりする。また、美琴達と連絡さえ取れれば二手に分かれた事でのメリットが生まれる。襲撃者はターゲットを追い回しているつもりかもしれないが、その無防備な背中を、さらに上条や美琴など別働隊がこっそり追跡できるのだから。

「……、」

　わずかに考えて。

　そして上条当麻は決めた。

「打ち止め、とりあえずいったんここから離れよう」

「良いけど……」

　上条が動く気配を見せると、とてとと小さな少女も彼の服の端を掴んだままついてくる。どうやら離す気はないようだ。

　選んだのは、後者。

　美琴や御坂妹の高い実力を信じているからこそ、今は合流よりも別行動を選ぶ。とにかく相手の正体が分からない事には逃げるのも戦うのもおぼつかない。襲撃を受けた時点で、上条達は情報的な遅れがあるのだ。この差を詰めない限り、ただただ延々と襲われ続ける悪循環から抜け出せない。

　自宅の学生寮に逃げ帰ったとして、平和が戻るのか？

　警備員にすがりついて保護してもらったとして、詰め所ごと破壊されるリスクは？

　……せめて、相手の顔と名前が分かる位置まで情報的に追い着きたい。

　前者の合流ルートは一見すると戦力を集め、誰が狙われてもみんなで庇い合えるから安全度が高いように思えるかもしれないが、落とし穴がある。正体不明の敵が物陰に隠れてじっと静観を選んだ場合、身動きが取れなくなるのだ。どんな攻撃手段にせよ、一撃で建物を断ち切って地盤を持ち上げるほどの力だ。どこかに籠城すればやり過ごせるようなものではない以上、顔も見えないままにして上条達が固まっているポイントの周囲を自由に歩き回られる、なんていう展開に陥るのは絶対に避けたい。それでは広い海を救命ボートで漂流しながら巨大なサメに脅えているのと変わらない。

牙の持ち主を、水の中から引きずり出せ。

安全を確認するのはそれからだ。

「じゃあ行くぞ」

「走らないの？　ってミサカはミサカは先を促してみたり」

「明かりはこのケータイ一つだけ、でもって足元は電話帳よりデカいコンクリとか割れた蛍光灯の破片とかでいっぱいだ。躓いて転んだら無事じゃ済まない」

ここが駅と駅を繋いでいる地下道だった場合、最寄の上り階段はどこだっただろうか、と上条は頭の中で思い出そうとしていた。あの一回の攻撃でどこまで被害が広がったのかは未知数だが、階段が潰れていない事を願うばかりだ。

そして即席チームを組んで、一〇メートルも進まない内に、だった。

もう一度、激しい揺れが上条達へ襲いかかってきた。

「わっ⁉」

「やっぱり狙いはインデックスじゃなくてこっちか‼」

ばづんっ‼　という破断の音は、コンクリートか金属か。あまりにも聞き慣れないものだったので、耳で捉えても何が壊れたのか想像もつかなかった。

ただし、低い振動がいつまでも止まらない。

というよりどんどん大きくなってくる。

ざざざ。

ざざざざざざっ。

どどどどどざざざざざざざざざざざざざざざざざざざざざ‼　という床全体を震わせるほど太い音の塊の正体は……、

「……ちくしょう、走れ打ち止め」

「えっ？　でもさっきは」

「野郎、地下を走る水道か工業用水か、とにかく何かの配管をわざと破りやがったんだ‼　早くしろっ、大量の水が押し寄せてきてる‼」

大きな声に背中を叩かれるように走り出した打ち止めが、前につんのめりそうになる。上条はその細い腰を片腕一本で抱き抱えて、とにかく前に走った。光源は携帯電話のLEDライト一つだけだが、腕の振りがメチャクチャなので前方の確認すらままならない。打ち止めは上条に抱えられたまま細い脚をぱたぱた振っていた。

「トンネルが全部震えてるよ！　ってミサカはミサカは気づいた事を言ってみたり！」

「分かってる。崩れたりしないだろうな、これ。とりあえず両手で自分の頭だけ守っとけ‼」

音が大きくなる。

いいや、近づいてきている。

もう鼓膜というよりは腹の中身を揺さぶられるような低い轟音であった。

後ろから追い着かれ、呑み込まれるまであと何秒？　暗闇で視界が確保できないと、自分の焦りで自分の足を引っ掛けてしまいそうだった。今転んだらきっと助からない。為す術もなく呑み込まれて回復不能だ。根拠もない自家生産の死の予言が、心臓を明確に縛り付けてくる。

だから最初、危うく見逃すところだった。

上り階段を示すアイコンの看板を白々しいＬＥＤライトが照らし出し、上条は急ブレーキを掛けてそっちへ飛び込む。打ち止めの腰を腕一本で抱えたまま二段飛ばしで踊り場まで駆け上がる。

そこで真横に足をすくわれた。

一瞬にしてこの高さまで持ち上がってきた濁流が、危うく上条の体を持っていきそうになったのだ。実際には膝下くらいの高さでいったん止まったが、それだけで体全体のバランスを失いそうになる。

踊り場までで一〇段以上あったはずだ。下の地下道はすでに全部埋まっている。ここだっていつまで保つかは分からない。

「くっ‼」

ひび割れたコンクリートの壁にわざと体をぶつけて、転倒阻止。そのまま残りの折り返しを一気に上がっていく。さらにくぐもった破断音が遠くから響き渡ったと思ったら、急激に水量が増した。また別の水道管なり下水管なりを断ち切ったらしい。こちらの腰を丸呑みしようと水位を上げる濁流から必死に逃れる格好で、上条は階段を駆け上がる。

最後で足を滑らせた。

「がっ⁉」

上条は体を丸めて硬く冷たい階段の角から打ち止めだけでもどうにか守る。奥歯を噛んで痛みを堪え、その小さな体を最後の数段、地上部分まで両手で押し上げる。だというのに彼女は立ち上がりもせず、這いつくばったままその小さな手をこちらへ伸ばしてきた。

「待って、早くこっちに、うーん……っ‼」

実際、何の意味もなかっただろう。

このままずるりと上条の体が滑り落ちれば、せっかく助けた打ち止めもろとも真冬の水の中に没していたはずだ。

(……だ、だ)

だけど。

だからこそ、上条当麻は最後の最後で踏み止まった。

(まだだッ!!)

この子は絶対に巻き込めないと、それだけ考えて無理矢理に数段分の高さをよじ登り、地上へ身を乗り上げていく。

砕けたタイル状の歩道へ、打ち止めと二人して転がり出る。

濁流は、きっちり地面の高さで止まっていた。まるで獲物を捕らえそびれた猛獣が茂みの中からいったん様子を窺っているようだ。何かが気に入らなかったのか、立ち去るように水が地下へと引いていく。おそらくは別の亀裂なり大穴なりを作って。

表もひどいものだった。

あれだけ堅牢だったビルの群れはあちこち傾き、鉄筋コンクリートの壁には不気味なX字の亀裂が走っていた。倒壊の恐れがある危険な兆候、だったか。ドラム缶型の清掃ロボットが倒れて転がったまま姿勢を回復できずにタイヤを空転させ、三枚羽根の風力発電プロペラもいくつかは支柱から丸ごと倒れてガードレールや路上駐車の軽自動車などを潰している。人に直撃していたら大事になっていたところだ。

さらにクリスマスシーズンなのも拍車を掛けた。本来だったら街を彩るはずだった電飾ケーブルがあちこち破断して火花を散らしながら地面に垂れ下がっていたのだ。昔の電線ほどではないが、これだって感電や発火のリスクはゼロではない。……例えば、先ほどの水と組み合わせるとかで。

道路はまるで海面のようにギラギラと太陽の光を照り返していた。

あちこちでビルが軋(きし)んだ影響か。初撃の際には高層階の窓が砕けて鋭い破片まで降り注いできたらしい。ただその割には、辺りが流血でいっぱいになっている、とかはないのが嬉(うれ)しい誤算ではあった。揺れを感じると同時に頑丈な建物や車の下に潜り込んだのは、やはりこの国特有の危機意識の高さによるものか。事件や戦争はさておいて、災害に対する知識量だけなら世界有数という話をテレビの雑学番組で観(み)た事がある。

打ち止め(ラストオーダー)は小さな口を開けて、平和な青空を眺めていた。

大空をゆっくりと流れている飛行船だけが、世の中の混乱からぽつんと取り残されているように平和だった。お腹(なか)の大画面だって、まだ臨時速報とかも出ていない。

「じ、地震を操る能力者とかなのかな、ってミサカはミサカは首をひねってみたり」

「どうかな……」

初手から派手な大技で大盤振る舞い。

だけど攻撃手段を限定する事で、こちらのミスリードを誘っているようにも思える。

そもそも単に揺らすだけの能力なら、最初のダーツバーは倒壊していないとおかしい。あれは地盤を持ち上げるというより、『建物のある場所を、足元の地盤ごと断ち切った』という方が正しいのではないか。だから地盤が揺れても建物は崩れなかった。元から二つに分かれていたから、ねじ切られる恐れがなかったのだ。

　そしてそちらの方が厄介だ。

　あれが汎用的に何でもできる念動能力(テレキネシス)とかだった場合、応用範囲が格段に広がる。何だったら、上条(かみじょう)や打ち止め(ラストオーダー)の胴体を直接指定して上半身と下半身を千切り取る事だってできるかもしれない。小さな子供が虫を捕まえて行う残酷なイタズラのように。

　その場合はロックオン=死、となる。

　ただし逆に言えば、

（……現実にはそうなっていない）

　そこまで強大な能力だとしたら、反撃不能な獲物を騙(だま)すためにブラフを挟む必要はない。わざわざ演技するというのは、裏を返せば怖いのだ。正体が露見し、反撃のきっかけを作ってしまう事が。つまりヤツは自分で宣言した。どんな能力を使っているにせよ、ご自慢の切り札は正体を知られたらそれだけでドミノが倒れていくように優位なポジションを全部失ってしまうようなものに過ぎない、と。

　悪意に呑(の)まれるな。

　その裏まで読んで希望に変えろ。

　現実の事件では、誰でもクリアできるように魔法の傷薬や予備の弾薬が一定間隔で床に落ちている訳ではない。敵は、こちらにとって利になる物など全て排除し、自分に繋がる道を断ち切ってから具体的なアクションへ出るに決まっている。だから、敵に期待するな。必要なのは変換。どろどろのヘドロを消毒薬へ置き換えるように、悪意ある言葉や行動から生き残るための情報を引きずり出せ。

「これからどうするの？　ってミサカはミサカは質問してみたり」

「高い場所だ」

上条は端的に答えた。

「最初のダーツバーからここまで、全景を見渡せる場所はどこだ？　ヤツが単一の能力で襲い続けているとしたら、俺達を見ているはずだ」

「けっけど、ミサカ達は地下を走っていたような……？」

「敵の招待でな」

そもそも向こうからのセッティングだったのに、向こうが逃げる打ち止めを見失うとは考えにくい。

「ダーツバーの事務室をきっちり分断した最初の攻撃と比べると、地下での攻撃は大雑把だった。どこか遠くにある水道だの工業用水だのの配管をぶち破って、地下道のエリア一帯をまとめて水没させるようなやり方だったろ？　大きなエリアは把握できているけど、細かい座標までは摑み切れなかったんだ。そしてヤツはそれでも構わなかった」

もちろん決定的な証拠映像なんかどこにもない。上条が言っているのは、自分が体験してきたこれまでの出来事をなぞって、自分が敵側だったらどう動いていたか、という予測をしているに過ぎない。

だけどそうやって自分で骨組みを作っていかなくては、とりあえずの目的地すら見えなくなってしまう。感情に任せて闇雲に走り出したところで、何が待っているかは言うに及ばずだ。自分達の命がかかっているのなら、せめてこの手で地図を開いて目的地を決める自由くらいはキープしておきたい。

「だとすると今がチャンスかもしれない。距離を置くほど敵は大雑把にしか俺達を把握できなくなる。俺達が水没した地下道にいるのか、外に出たのかも摑めない状態だとすれば……相手は油断している。今、敵がどこから街を見下ろしているかを割り出してこっそり近づけば、反撃できる」

敵の攻撃はあまりにも大規模だが、だからこそ、例えば同じビルの屋上まで上条がやってきた場合は十分に力を振るえないのではないか？　自分の攻撃で自分が足場にしているビルを崩してしまっては、向こうも巻き添えを食ってしまうのだから。

能力は一人に一つだけ。

破壊特化のあの能力は、おそらく自分の身を守るには不向きだ。ビル解体用の重たいアームを使って生卵を摑むような事態になる。

『えー、なに？　何がどうなっているのー？？？』

あれはアルバイトか何かだろうか、短いスカートも気にせず道路にハの字女の子座りでぺたりとへたり込んでいたミニスカサンタの少女が呟いていた。あの長い金髪はまさか仕事のために染めているのだろうか。そして人はこんな時でも、ケーキと七面鳥を同時に買うとお値段二〇％オフと書かれた手持ちの看板をしっかり握って放さない生き物らしい。例の禍々しいドーナツに押されて伝統のケーキ派は大変そうだ。

『すげーけど、この写真は上げたら炎上するかなあ……』

『なに言っているのよ、記録は正確に残さないと！』

ウィンドウの砕けたビル一階喫茶店に避難していた恋人達も、ようやく戸惑い半分不満半分といった形であちこち見回し、表の道路に出てくる。喫茶店の店員さんは割れたガラスだらけの床を見て頭を掻いていた。ラッキーカラーのドーナツがあれだけ売れているからだろうか、高そうなウィンドウが全部張り替えという割にはあんまり表情に悲愴感はない。

当たり前だが、今日はクリスマスイヴなのだ。冬休みの中でも特に人の出入りの激しい一日。こんな中で、これ以上正体不明の能力者の横暴を許す訳にはいかない。

「じゃあ打ち止め、そろそろ反撃を始めるぞ」

「どうやって敵のいる場所を見つけるの？　ってミサカはミサカは方針を確認してみる」

実際にやってみればすぐ分かるが、背の高いビルは下から見上げると屋上に何が置いてあるか見えなくなってしまう。闇雲に道路を走ってビルの群れを眺めたって答えは出ないし、かと言って『エリア一帯で最も背の高い建物から全体を見下ろして各々の屋上を確かめる』だと、能力者がそのビルを崩しにかかったらそこでおしまいだ。特大の棒倒しに巻き込まれ、為す術もなく命を落としてしまうだろう。

しかし上条には勝算があった。

「ないんだ」

「うん？」

「ダーツバーからここまで、一帯を奇麗に全部見渡せる場所なんて。最近の地図アプリはドローンの衝突を避けるために、平面の地図だけじゃなくて立体化までしてくれているからな。こいつで見れば分かるけど、どこのビルも他のビルに視線を遮られてしまうから獲物を狙うには不都合なんだよ」

「でも現実に、ミサカ達は狙われ続けているよ？　ってミサカはミサカは反論してみる」

「だよ。だから仕掛けがある」

上条は自分の携帯電話を背の低い打ち止めの目の高さまで合わせてやりながら、

「ビルの『高さ』だけ見れば直線的な視線は全部塞がれてしまうように見えるけど、でも実際には違う」

「？」

「風力発電のプロペラだ」

上条はすぐそこにある学園都市の『名物』を親指で指し示して、

「そこらじゅうにあるだろ？　あれは風で勢い良く回ると大きな円形の鏡みたいに振る舞う事があるんだ。溶けた雪で表面が濡れているなら光くらい簡単に跳ね返す。直線的には視線が塞がれてしまっても、残像でできる仮初めの鏡を使って迂回すれば視線が通る。俺達は、丸見えになる」

当然ながらそんな条件に合う建物などそうそうあるものではない。

上条の見立てではこうだ。

「三〇〇メートル西にある、ぶたくさ不動産オフィスビル。ここなら直線的にダーツバーを見下ろせるし、例のプロペラを鏡のように使えば邪魔なシネコンを迂回してこっちまで覗き込む事ができる。待ち伏せに使えるスポットはここしかない！」

方針は決まった。

上条は打ち止めの小さな背中を片手で押して、解決までの勢いをつけようとする。

しかし、そこでだった。

不意にわずかな引っ掛かりが、ささくれのように心を刺激した。

（……いや、ちょっと待った）

今、視界の中におかしなものが混じっていなかったか？　喫茶店の割れたガラス、緊張感のない店員、避難していた恋人達。それらは違う。たとえとばっちりで高層階からガラスの雨が降ってきたとしても、窓が砕ける前に早い段階から屋内避難していれば難を逃れる事はできただろう。一方で、上条達が無事だったのは最初から地下にいたからだ。

だけど一人。

最初から最後まで外にいて、しかも何故かガラスの雨を浴びなかった人物がいなかったか？

「ま、素人さんの名推理じゃこの辺りが限界でしょうかね」

どすっ、と。

感触というより、まず鈍い音があった。

「がっ……？」

右の脇腹に、容赦なく一発。突き刺さっているのは、何だ？　錐やアイスピックとも違う。ボールペンよりも細いが、それはれっきとしたナイフだった。ひょっとしたら、本来は装甲ジャケットの隙間から急所へ滑り込ませるように刺すものなのかもしれないが。

それよりも、まず持ち主。

至近、吐息の熱まではっきりと伝わる距離まで踏み込んできた相手は、大昔の忍者や電子迷彩で風景に溶けた暗殺部隊ではない。最初から視界に入っているはずだった。入っていたのに、見過ごした。

　アルバイトの少女。

　ケーキ屋さんの手持ち看板を手にしたミニスカートのサンタクロース。

「テ、メェ……ッ⁉」

「恨みっこはナシでお願いしますよ。別にあなた方が憎いって訳じゃあない、こっちも仕事なんでね。しくじると『上』がうるさいんです」

　長い金髪をざらりと揺らし、この状況で感情もなく誰かが囁いた。

　ハロウィンにせよクリスマスにせよ、過剰なコスチュームはかえって本人の目鼻立ちを覆い隠してしまう。一番目立つ事で、人の印象から消える。真正面から襲われたにも拘らず、後になって振り返ってみたら赤い服やミニスカートしか思い出せない……なんて事態を誘発させるために、だ。

（遠くから、こっちまで見渡していたんじゃない……）

　一二月の青空に、ギラリと太陽光を照り返す何かがあった。

　飛行船。

　お腹の部分に大画面を張りつけた、学園都市の名物でもある。そして、分厚い保護ガラスで覆われた画面は光を反射する。しかし地図アプリを見ているだけでは、あんな大きな鏡がある事には気づけない。

もう一つ。

光の反射や屈折で視界を確保し、エリア全体を見渡せるポイントがあったのだ。

（……最初からここにいて、俺達が自分の所までやってくるのをじっと待ち構えていたッ⁉）

「打ち止めッ‼」

最後の力を振り絞って、上条はとっさに小さな少女を遠くへ突き飛ばした。

しかし、

「無意味」

道路に亀裂が走った。一本の直線ではなく、蛇がのたくるように。それはサンタクロースの暗殺者と打ち止め、そして上条とを明確に切り分けてしまう。

ゴッ‼　と。

大地が持ち上がる。天空に向けて小さな少女がさらわれるようだった。

そして上条としても見送る余裕すらなかった。一緒になって撒き散らされた土砂が散弾のようにぶつかり、少年一人分の重量が錐揉み状に回転する。

脇腹には、まだナイフが刺さったままだった。

今のまま地面に激しく叩きつけられれば、今度こそ無事では済むまい。衝撃でナイフが掻き回され、体の中をズタズタにされてしまう。

そうなれば、ここで終わり。

追跡の流れが途切れてしまう。一体誰が打ち止め(ラストオーダー)をさらっていったのか、それさえ分からなくなってしまう。

「ち、くしょ……ッ!?」

どうにもならなかった。

両足が地面から離れた段階で、すでに上条当麻(かみじょうとうま)はコントロールの権利を放棄していたのだから。

ごりごりという体内の異物感が、まだ地面に激突する前から上条(かみじょう)の魂を抉(えぐ)りにかかる。

ぶつかり、衝撃が走れば、そこで全てが破断する。

今さら手足をどう動かしても、間に合わない。

三秒後には真っ赤に埋まった死が待ち構えると、分かっていても。

ぶわり!!　と一切の感覚が消えた。

最後の瞬間、むしろ上条当麻(かみじょうとうま)は羽毛のように柔らかな感触を誤認した。

行間　三

その低い振動は、窓のない部屋にまで伝わってきた。

「始まったか」

「……、」

「話を受けた時点で分かっていたはずだぜ、黄泉川。理想論なンてのは現実の前じゃ無力だ。だから押し通そうとすりゃ、絶対に猛反発がやってくるってな」

新たな統括理事長の正体を知った時、黄泉川愛穂は耳を疑った。

しかしその口から出た言葉を聞いた時はついていっても構わないと思った。

学園都市の『暗部』を一掃したい。

邪悪でどうしようもない研究なんて根絶やしにしてやりたい。

この街の誰もが思う事で、でも誰にも実行できなかった事。

それも、一方通行(アクセラレータ)という規格外の怪物が新統括理事長の席についた事で風向きが変わってきた。『手錠(ハンドカフス)』という具体的な枠組み(オペレーションネーム)が作られて。直接的な暴力でも間接的な権力でも誰にも負けない、正真正銘のモンスター。しかしこの第一位であれば、言い放てるのだ。誰に何に脅(おび)える必要もなく、正しい一言を。

だって、悲劇なんか誰も生み出したくない。

ひょっとしたら研究に従事している白衣の男達ですらそう思っているかもしれない。『木原(きはら)』とかいう生粋の変態集団や己の利権に固執した上層部でもない限りは、どこまでいっても人は己の心から逃げられない。どれだけ理論を固めて正当化を施したところで、絶対に夢に見る。自分が犠牲にしてきた生徒達の顔を、毎日毎日。

だから、何かのきっかけさえあれば。

本当の意味で強い指導者が味方についてくれるなら。

「俺のアキレス腱(けん)は最初から分かり切っていた」

「打ち止め(ラストオーダー)、か」

「ドロドロの暗闇の方が居心地の良(い)い連中は、まず間違いなくそこを狙ってくる。当たり前だ、表からも裏からもビクともしねェンじゃ、後はもう身内を人質にとって交渉するくらいしかできる事はねェだろォからな」

だけどここで怒りに身を任せて一方通行(アクセラレータ)が外に飛び出してしまえば、これまでの繰り返しだ。

そんな話をするために白い怪物は警備員(アンチスキル)の黄泉川愛穂(よみかわあいほ)をここまで呼びつけた訳ではない。

そう。


「俺を検察に送って、そのまま起訴させろ」

「っ」

「何のために自首したと思ってンだ。こいつはオマエの仕事だぜ、黄泉川(よみかわ)。後の話を任せられるのは、オマエくらいしかいねェからな」


ここは、新統括理事長の秘密基地ではない。

謎の研究施設でもない。

部屋の主は黄泉川愛穂(よみかわあいほ)で、一方通行(アクセラレータ)は招かれざる客。

街の治安を守る、警備員(アンチスキル)の詰め所だったのだ。より正確には、特に大規模な汚職や疑獄など情報洩れが怖い案件での一斉捜査前に数少ない協力者から最終確認を取るための、表の図面には存在しない秘匿取調室である。

緊急事態だとは分かっていた。

それでもいつもの仕事場を見知らぬ人間が掌握しているのを見た時は少なからず驚いたものだ。

使いの者かと尋ねたのは黄泉川だった。

てっきり周囲の統括理事を説得して全体の方針を決め、彼らの手駒にでも護衛させているのかと思ったが、まさか直属の部下が一人とは思わなかった。当人に第一位としての力があるとは言っても、あまりに無防備だ。

つまり、できていない。

意思統一がなされていない以上、混乱もあれば反発も予想されうる。

「……学園都市の『暗部』を一掃する。だったら、例外なンか作っちゃならねェ。調書は取らせたはずだぞ。俺は、クローンとはいえ確かに生きていた人間を一万人以上殺してきた。その後も不貞腐れて暗部に身を置いて、事件解決なんて謳いながら平和な街で銃を撃ち続けてきたンだ。こンな人間は、大手を振って表を歩いちゃならねェ。俺は塀の中に行かなくちゃあならねェンだ。誰が引き止めよォがな」

「統括理事長は学園都市の全権を掌握する。下にいる一二人の理事なんて実際にはお飾りじゃんか。だからこそ、実際はどうあれ書類の上では絶対に正しい存在でなくちゃあならない。そいつが、そんな大物が自分から首を差し出すなんて話は聞いた事もないじゃんよ……」

「だったらどォした。今までが間違ってたってだけだろォが。……笑わせンなよ、書類と実体がズレてやがる時点でそンなモン正さなくちゃあならねェ問題点に化けてンだろォが」

誰が悪いかと聞かれたら、一方通行が悪いに決まっているのだ。

その能力を開発したのが『木原(きはら)』で、旧統括理事長アレイスターが己の目的のために怪物を人殺しの道へ誘導していたとしても、実際に手を汚したのは一方通行(アクセラレータ)だったのだ。

だけど第一位は、あまりにも多くの闇に関わり過ぎた。

たった一人の証言から、どれだけの人間が手錠を掛けられる事だろう。

それを許さない者だって、当然ながら大量に湧いて出てくる。

仲良しこよしじゃない。自分自身の未来のために。

「……もう、お前は鉄格子(てつごうし)から出られない」

「分かってる」

「少年法と照らし合わせても！　捜査協力と引き換えに減刑を申し出ても!!　それでも全然足りないじゃんよ。コンピュータはすでに試算している。今のままなら懲役換算で一万一〇〇〇年は必要だ!!」

「むしろ少ねェよ。ふざけてンのか、一人殺して一年程度しかねェじゃねェか」

どうして、と黄泉川(よみかわ)は口の中で呟(つぶや)いていた。

第一位は目線すら逸(そ)らさなかった。

「……言ったろ。例外なンか作っちゃならねェンだ。俺は第一位にして統括理事長、全員のお手本にならなくちゃあならねェ人間なンだからよ」

黄泉川愛穂(よみかわあいほ)は、本来であれば法を順守する側の人間だ。

だが暴走した能力者に手錠を掛けるのは、更生すればやり直せるからだ。だから彼女は決して子供には銃を向けない。それがどれだけ危険な能力者であろうとも、話を聞いてもらえる状況でなくてもだ。

なのに一方通行（アクセラレータ）には、未来がない。

正しいかもしれないけど、それではこの子の人生は誰が救う？

「クローンの件はどうするじゃんよ？　事件について洗いざらいしゃべれば、その存在は当然ながら明るみに出る。国際条約に違反した存在が一万人弱。社会から受け入れてもらえるとは限らないじゃんよ」

クローン人間に人権はあるのか、否か。

かつての学園都市はノーと言って非道な『実験』を繰り返した。そこで研究者達に背中を押されるまま手を汚してきたのが一方通行（アクセラレータ）だった。彼女達は紛れもない被害者だが、しかし、外の世界の人達がそういった主張を認めてくれるとは限らない。

やはりノーだと言われて、さらに危険視されれば『処分』の決定もあり得る。

しかし、

「だから俺達が与えなくちゃならねェンだろォが。安全ってヤツを」

「それは……」

「今のままなら大丈夫？　露見すりゃ一発で人生奪われるかもしれねェ宙ぶらりンの状態の、

どの辺りが？　こンな不自然なバランスは正して、しっかり地に足をつけさせなくちゃあならねェ。あいつらは純粋な被害者だ、それをいつまで理不尽に頭押さえ付けて隠すつもりだ。俺とは違って、いい加減自由に日向(ひなた)を歩いたって良い頃合(い)いのはずだぜ」

一方通行(アクセラレータ)側に勝算があるとすれば、だ。

白い怪物は自分の胸の真ん中を親指で指し示して、

「俺が悪者になる」

当然の事を言った。

そもそも、そうならなかった方が不自然だったのだ。

「マスコミだの学会だのの注目を全部集めた上で、袋叩きに遭えば良い。規格外の天才にして、権力のテッペン。金だってある。こンなクソ野郎の末路なンてのは、そりゃあさぞかし燃えるぜ。他のニュースなンかまとめて全部吹っ飛ぶくらいにな。一面記事に載せられる枠は限られているンだ。クローン人間そのものよりも、そいつを殺して回っていたイカれ野郎が大きくクローズアップされりゃあインパクトを潰せる。人のウワサも何とやらってか？　マスコミが俺を叩(たた)くのに飽きた頃には、時間が経過している。炭酸の抜けた砂糖水みてェなモンだ。そこから慌てて注力したって、大衆はもう動かねェよ。暇人ってのはな、ただ暇なだけじゃねェ。いくらでも刺激はあるはずなのにわざわざ自分から暇になる、人生をつまらなくさせるプロなンだ。そォいう連中は、一度飽きた話題にゃ喰(く)いつかねェよ」

だから、ダメなのだ。

一応は有罪判決は出ましたけど新統括理事長の特別権限で自分自身に恩赦を与えますとか、鉄格子には入ったけど大事件が起きた時には正義の新統括理事長が檻から出て解決に向かいますとか、そんな裏口を設けてしまっては。

例外なし。

真っ先に裁かれるべき人間がきちんと罰を受ける事で、学園都市の内外に示す。

正義は、ここにあると。

理不尽に悪人が嗤い、不条理に善人が泣く時代はもう終わったのだと。

そうしなければ、何も変わらない。

何かを誤魔化して生きていけば、そこから歪みが生じて、やがては秘密を握る者達が新しい暗闇を作り出していく。

利権にまみれた大人達の所業に、くそったれだと唾を吐いて生きてきた。どうしてこんなひどい事を平然とできるのだと、汚れたコンクリートの壁を殴りつけては怒鳴り声を上げてきた。

今までずっとそんな人生だった。

その子供が新統括理事長の座を手に入れたのだ。

ならば見せてみろ。

口先だけでない事を、世界の全部に伝えてやれ。

旧統括理事長アレイスターとは違った道を進むのだと。

「……ここからだぜ」

一方通行はそう囁いていた。

注意深く観察しなければ分からなかったかもしれない。第一位にして新統括理事長。そんなモンスターは、静かに奥歯を噛み締めていた。

「これは、俺が学園都市ってヤツをどこまで信じられるかって話でもある。不安になって、耐えられなくなって、そこの壁ぶっ壊してあのガキを助けに行っちまったら、そこまでだ。『例外』が発生して、『暗部』のクソ野郎どもは永遠にのさばる。だから、俺は信じなくちゃあならねエンだ。そンな例外がなくたって、学園都市ってでっかい枠組みがあのガキを助けてくれるってな」

夢物語かもしれない。

一方通行自身、散々暗闇は覗き込んできた。世の中、本当の本当にどうしようもない人間というのは存在するし、正義は必ず勝つなんていうのは寝言に過ぎない。誰でも分かる話だが、ルールなんて無視した側の方が強いに決まっているのだ。クソ野郎ほど多大なテクノロジーに包まれて全身膨らみ切って、ルールに縛られた真面目な善人を容赦なく撃ち抜いていく。少なくとも、この学園都市ではこれまでずっとそうだった。間に合わない事は確かにあるし、駆けつけた人が必ず勝って場を収めるとも限らない。『安全』を取るなら、別の誰かなどに任せず第一位がこの手で打ち止め(ラストオーダー)を助けに行ってしまえば良い。

怪物を怪物たらしめてきた、心の中の暴力的な部分はこうしている今も荒れ狂っている。ルールなんかどうでも良い、今すぐ飛び出せと。どうせ悪党は裏切る。口八丁の改心なんて曖昧なものなど聞くに値(い)しない。ねじ伏せ、叩(たた)き潰(つぶ)し、引き千切って、『安全』を手に入れろ。どんな悪党だって、死人になればそこから先は裏切らない。幼い命を守るためなら仕方のない事だ。いっそ大切な人がお陽様の下を歩くためにこの手を汚すなんて、最高の美談じゃあないか、と。

けど。

それでも、だ。

「……信じる」

言ったのだ。

学園都市第一位にして新統括理事長。

どうしようもない殺戮(さつりく)の権化(ごんげ)に絶大な権力まで上乗せされた恐怖の独裁者が、その口で。

マグマのように沸騰する己の内側を全て抑え込みながら。

「俺は、この街を信じる。この人生を使い切って守るだけの価値くらいはあるンだって。……自分が治める学園都市を信じられねェよォなら、最初からテッペンなンかに立つべきじゃあねエンだ」

変わったじゃんよ、アンタ。そんな風に言っていたのは黄泉川だったか。

変えた側の人間がナニ寝言を言ってやがると答えたのは、この怪物だ。

だから。

人の形を取り戻したモンスターは、こうしている今も戦い続けている。

一人、孤独に、歯を食いしばって。

第三章　黒い陰謀と障壁の消失　Enemy_Use_XXX.

1

ぐるんっ、と上条(かみじょう)の視界が派手に回った。

地面に叩(たた)きつけられれば、その時点で絶命。脇腹に刺さったままの特殊なナイフが体内を掻(か)き回(まわ)し、内臓や血管をズタズタにしていくはずだ。そんな末路が分かっていても、上条当麻(かみじょうとうま)には翼が生えている訳ではない。いったん両足が地面から離れてしまえば、もうリカバリーはできない。

しかし、実際にはそうならなかった。

何故(なぜ)ならば。

「ご無事でしたか、とミサカはその体重を受け止めながら容態の確認に移ります」

ふわりという優しい感触が少年の命を救った。

単に少女の肌の柔らかさだけではない。受け止めるにあたってナイフの部分に触らないのはもちろん、全身のバネを使って衝撃を殺してくれたのだ。

だが感謝の言葉を並べている余裕すらなかった。

年端(としは)もいかない少女に抱き抱えられたまま、上条(かみじょう)は痛む体も無視して真上を指差した。元々は真っ平らのアスファルトの道路だったはずだが、今では二階から三階くらいまでの崖に変じている。

「打ち止め(ラストオーダー)がっ、頼む！　あいつを助けてやってくれ‼」

応じる声はなかった。

それどころか御坂妹(みさかいもうと)は傷ついた上条(かみじょう)をそっと地面に下ろすと、その傷口の確認に入ったのだ。

「おい……？」

「肝臓を掠(かす)める形で複数の血管の隙間を縫うように進んでいますね。わざと抜き取りにくい位置でも選んでいるのか、とミサカは悪趣味に顔をしかめます」

「何してるっ。俺なんかどうでも良(い)い、早く追わないと見失っちまう‼」

「できません」

感情のない瞳で、彼女は明確に首を横に振った。

「上位個体の意志は尊重するというか勝手にしやがれなのですが、ミサカネットワークを通じて彼女の見解はこちらのミサカにも伝わっておりますので、とミサカは詳細を開いて説明します」

「……何を……?」

「恩を仇で返すな、と。これについてはミサカも同意見です、とミサカは自己の方針を決定いたします」

噛み締めた奥歯がそのまま砕けるかと思った。

上条は己の脇腹に手をやると、特殊なナイフの柄を握り込む。

焼けるような痛みよりも、まずグリップと連動して体の中で細かい震えが連動するのが背筋を凍らせた。明確な異物が体内を抉っている、鋭い金属が残っている、という簡潔な事実を嫌でも教えてくれる。その非現実感だけで視界がノイズがかったように暗くなり、息が上がる。頭のバランスがおかしい。黙っているとふらりと後ろへ倒れ、勢いに任せて切腹でもしてしまいそうだ。

「お」

しかしそのまま。

上条当麻はナイフの柄を強く握り込み、容赦なく引き抜いた。

「おおおッアっっっ!!!?⁇」

ぬるりという感触の正体は、血か。はっきり言ってそれ以外だったら逆に手に負えない。栓の代わりをしていた刃物がなくなった事で途端に出血量が増すが、ここは無視する。邪魔な刃物を適当に放り捨てた。

　深呼吸はむしろ毒だ。

　息を止めてじっと待つと視界全体から幻想のノイズがゆっくり退いていく。どうやら過呼吸に陥っていたらしい。

　この寒空の下、自分の汗でびっしょりになりながら上条は間近の御坂妹を睨みつけた。

　世界が揺れる。

　意識なんかちょっと諦めたら簡単に途切れそうだ。

　だけど。

　これだけは、言わないと。

「かはっ、あ……。こ、これで良いか？　もう邪魔なお荷物野郎を面倒見る必要はなくなったろ」

「そんな訳が……」

「うるせえよ!!　こっちは恩とか仇とかそんなご大層なもん並べてお前達の面倒見てきた訳じゃあねえんだ！　俺がやりたいから勝手にやってる事にいちいち値札をつけて管理してんじゃあねえッ!!　お前はそこまで偉いのか？　そんなもんはな、人のやる事にケチつけてるのと何にも変わらねえんだよ!!」

目一杯叫ぶが、それで体の何が変わる訳でもない。

ふらつき、崩れようとする上条の体を御坂妹がそっと支えた。

「傷を縫合しましょう。包帯を巻く程度で血が止まるレベルを超えています、とミサカは客観的事実を申告します」

「……、―――」

「本来なら鎮痛剤や輸血も欲しいところではありますが、それでよろしいですね？　とミサカは最終確認を取ります」

「上等だ……。あと一分でも一〇秒でも、このくそったれの体が動くなら何でも良い。それであの子を助けに行けるなら」

額にゴーグルをつけた少女のスカートのポケットからまるでお裁縫セットのように何かが出てきた。使っている道具はあまり変わらないのかもしれないが、こちらについてはビニールの封がしっかりしてある。使い捨ての応急キットだろう。

「密閉された手術室で滅菌環境を整えるほどの時間的余裕はないと判断し、野戦仕様の消毒法で行きます。メチャクチャ痛いですよ？　とミサカは同意を求めます」

「いいから早くし、」

「ではエタノールどばー」

絶叫して目の前が火花のような残像でいっぱいになった。

もう痛みがどうとかいう次元ではなかっただが、御坂妹は冷静に上条の手足を押さえ付け、脇腹の傷がこれ以上広がるのを阻止する。

「全身の痙攣が収まったら患部を縫います。ただでさえ過敏な傷口に針を通して糸で縛る行為です、とミサカは詳細を説明します。麻酔ナシでは地獄になりますのであしからず」

「ま、ますいをつかったら……？」

「次に目を覚ますのは明日の今頃で、場所は清潔な病院のベッドになるでしょう」

息も絶え絶えの上条は、それでも震える指を動かした。

指を一本立て、女の子に向かって絶対やってはいけないジェスチャーを一発かまして言う。

「真っ平だ」

「やだ格好良い、とミサカはピンセットで針を挟みながら一言呟いてみます」

再びの絶叫があった。

傷口の上からさらに重ねるように痛みが爆発する経験は稀だ。五感がバラバラに砕け散るような経験をしながらも、カチカチと歯を鳴らして上条は耐える。うっかりしていると自分の舌を噛んでしまいそうだった。

「大丈夫ですよ、とミサカはまず結論から述べます」

「なにが……？」

「ミサカは学園都市の全てを無条件で肯定するつもりなどありませんが、闇の深さと同じ程度には温かく柔らかいものも存在する事を知っています。だから大丈夫。あなた一人が背負い込まなくても追い着きます、とミサカは断言します。それくらいのチャンスは、この街にだって眠っているのです」

つまり。

「ヒーローは、あなただけではない。そういう話をしているのです、とミサカは片目を瞑(つむ)って説明します」

2

サンタ衣装の少女は斜めにせり上がったアスファルトの崖から、傾斜の緩やかな方を下って足場を確保する。

「さて」

無力な人質と言ってもジタバタ暴れられると面倒だ。

(帽子とウィッグの重ね掛けだから頭が蒸れる……。けど放り捨てるのはまだちょっと先か)

一五、六歳の少女が包帯のロールのようなものを適当に投げると、地面へ落ちる前にひとりでに広がった。縛る、搾る、殺すと何でもできる操縦捕縄(そうじゅうほじょう)だ。元々はガス管やスチームパイプなど、接近するのが難しい事故現場で鋼管に巻きついて漏出ポイントを安全に塞ぐために作

られた蛇型ダクトテープらしいのだが。そいつが自動的に最終信号の手足と口を縛り上げて固定するのを眺めながら、派手な少女はサンタ衣装の胸元からハンカチに似た布を取り出す。こちらは広げてみればクリスマスの定番、白くて大きな袋になる。

哀れな『荷物』を詰め込むまで二分とかからなかった。

コスプレ少女はミニスカートのサイド、白いニーソックスの口からスマートフォンを取り出して、

「『舞殿』です。例の件についてですが無事に好転いたしました、これからじかに会って結果のご説明をと思いまして。そちらの都合などは？」

口から出る言葉と彼女の周囲で荒れ狂う暴力は両極端であった。

アスファルトの大地は盛り上がり、コンクリートの地下は水没し、辺りのビルまで風の中にある柳の枝のように揺さぶられている状況だ。当然、異変なんかすぐに気づかれる。派手なサイレンを鳴らして前後左右から警備員の特殊車両が突っ込んできた。

（……V10に水素の爆発のっけている音だけど、フガクのスポーツセダンは基本Eチャージャーには参入していなかったはず。民間以外の公務用カスタム。となると最近導入された無人追跡車か、確か『ハンマーヘッドシャーク』だっけ？）

見た目は空気抵抗を極力避けるために車高を低く抑えたスリムなスポーツカーだが、実際にはエンジンは車体後部に積んであり、代わりにボンネットの中は全て複合装甲の塊がぎっしり

詰め込まれた代物だ。暴走車やあおり運転対策として、『無人制御で安全に、かつ最速で追い着き、そして確実にぶつけてクラッシュさせる』走る凶器の極みである。プレス発表会の時は『目には目を』などと揶揄されていたか。

複数で高速無線ネット連携を取れば二〇トン級の大型トレーラーでも確実に潰してコースアウトさせる立派な『兵器』だった。

決して生身の人間に差し向けて良いものではない。

が、舞殿と名乗った少女は袋を背負ったまま、もう片方の手にあるスマホを自分の頬と肩で挟み込んだだけだった。空いた手の人差し指を、相手を誘うように軽く手前に振る。

それだけだった。

直後に、ゴバッ!!　とアスファルトの大地がその下の黒土やコンクリート構造体ごと派手に持ち上がる。即席のジャンプ台に対応しきれず、舞殿の頭上を横切った『ハンマーヘッドシャーク』は手頃なビルの三階の窓へ突き刺さって身動きが取れなくなっていた。

無人機は無人機だ。

様子見が終わり、こちらの戦力を数値化したとでも考えたのか。

次は有人部隊が突っ込んでくる。

「はい、はい。派手な爆発音が聞こえておりますが事後の処理ですのでご心配なく。荷物については無事安全を確認しております。正直、一方通行を自滅させるだけならこのまま搾って殺してしまった方が簡単なのですが。え、駄目？　言うと思いました。荷物については予定のポイントから流します」

元々は地上を無人車両の『ハンマーヘッドシャーク』で封じた上で、安全な頭上から攻撃を加えるつもりだったのだろう。派手でうるさいヘリのローター音に舞殿（まいどの）が見上げてみれば、丸っこい観測ヘリの左右側面に二人ずつ、完全武装の駆動鎧（パワードスーツ）が張り付いている。

顔まで覆われているので年齢性別すらはっきりしないが、その表情は手に取るように分かった。複合装甲の隙間から洩（も）れている感情は『脅（おび）え』と『混乱』だ。

こちらは顔を見られても構わない。

ウィッグとカラーコンタクトで色彩の印象（カラーサンプル）は潰している。

肌にしたって肉眼で眺める分には厚塗りの化粧だが、カメラやセンサーを通すと歌舞伎役者のように派手な模様で埋め尽くされる。この辺りは、公的なデータとして顔認識や写真共有ができなければ問題ない。デジタル全盛の監視社会は犯罪を撲滅させた？　いいや、電子の記録に残らない犯行は立件不能という新たなジレンマを生んだだけだ。例えば白昼堂々コンビニで強盗が起きたとして、天井の防犯カメラが動いていなかったらどうなるか。哀れな店員の自作自演と疑われるのがオチである。

「はい、今片付けております」

舞殿（まいどの）は軽く指先を振って、ビルの側面に張り付いていたワゴン状の窓拭きロボットを毟（むし）り取（と）

り、投げ放つ。観測ヘリそのもののスペックはかなり高機動だったはずだが、このビルの谷間、しかも左右側面には剝き出しのまま仲間の隊員が張りついているのだ。鋭角な挙動で振り落とす訳にもいかないだろう。しかしその逡巡が回避可能だったはずの鉄塊の直撃を許し、全員まとめて火の玉となって地上へ落ちていく。

「いつになるのかですって？　もう終わっておりますが」

（……デンマーク戦役後のモデルだとあの程度の衝撃と爆発じゃ死なないかな。ヘリのパイロットについては知らないけど）

「警備員や風紀委員についてはいつもの通り。こちらから暴力を注入して一定以上に達すれば情報的な混乱によって指揮系統が壊滅します。ネットは多少荒れるでしょうが、半端な専門家はたくさんいますからね。そんな事は僕的に言ってありえない、汚いオトナは自分の初動捜査のミスを隠蔽するために下手な嘘をついているのだ。そんな風に騒いでいただければ、事件は樹海の中へと埋もれていきます。木は見つけられませんよ、誰にもね」

彼女は生粋の始末屋だ。

安心とは、破壊を餌に釣り上げる獲物に過ぎない。

「ええ。モノがモノですので、今回は目標注入量が多少大きくなってしまいますが。問題ありません、許容範囲内で対応します」

そうやって『飼い主』の障害となるヒト、コト、モノを徹底的に排除して点数を稼いできた。

不安を摘む事で安心を探り、釣り上げ、献上する格好で。普段はいない部外者が大量に入り込んでも違和感がなく、常の状態とは警備態勢の違うライブ、祭り、パレードなどのイベントごとを利用して、最も目立つコスチュームを選んで風景に溶け込みながら。

「分かっておりますよ」

舞殿は気軽に言った。

彼女は、死にかけた老人の横を歩きスマホで通り抜けられる種類の人間だ。

「こちらといたしましても、馬鹿の気紛れで『暗部』を一掃されては困ります。世の中のあらゆる人間が犯罪のない世界を願っている訳ではない。これまで学園都市が世界をリードしてきたのも、つまりルール無用の独立地帯を構築・確保できたというのが極めて大きいのですから。あなたはカネの世界で、そしてわたくしはコブシの世界で。それぞれ、『暗部』がなければ生きてはいけないカラダになっているでしょう？　……ご冗談を。少なくともわたくしに関しては、あなたがそう作り替えたのですよ」

いくら派手にやっても構わない。

というより、派手でなければ迷彩が機能しない。

こんなの現実じゃありえない、いっそ悪夢か何かに迷い込んだのだ。そこまでグロテスクでサイケデリックな世界に染め上げないと、つまらない現実とやらに追い着かれてしまう。

破滅の祭りはもう始まっている。

今日は無礼講でいかせていただこう。

（……特定の上下水道は破断したから、水道局は汚水の漏出を避けるためにいくつかの水門を閉じるはず。川の流れはこちらで掌握した、後は袋の密閉を確認して水の中に放り込めば、下流の回収班がゴミを拾ってくれる。そういった狙いがバレないようこちらは引き続き地上で暴れ回る、と。ひとまずシナリオはこんな感じかな）

ゴミ、という言葉に自分で連想したからか。

地面は決して奇麗な状況ではなかった。割れたガラスや鉄片まみれだし、逃げ惑う学生達が落としていったバッグや携帯電話などもある。そもそもアスファルトに亀裂が走って大きく盛り上がっている場所も少なくない。そんな中、足元に落ちていた割りばしに目をやって舞殿は小さく舌打ちしていた。

「確認します」

長い金髪を揺らしてスマートフォンを頬と肩で挟んだまま、舞殿は頭上を見上げた。

しかし追加のヘリが来た訳ではない。

「今回は目に見えないパワーバランスについては配慮ナシ。偶発、人為を問わず業務内容を妨害する存在については力で排除してしまっても、必要経費に計上して構わないという話でしたよね？」

横風を受けた竹林のように揺さぶられる高層ビルの、その一つ。

屋上ではなく高層階の壁面に張り付いてこちらを静かに見据えている、別の少女を。

「たとえ七人しかいない超能力者であったとしても、殺してしまって構わないと」

3

学園都市第三位。純粋な発電系では最強の少女。

つまり、御坂美琴であった。

「……刺したわね」

低層階のオフィスと高層階のタワーマンションが一体化した複合ビルの、その四四階の壁面に磁力の力を借りて張り付いていた彼女は、その一つしかできない訳ではない。混乱や破損の激しい地上を走るだけでは時間的なロスが大きい。だから、とりあえず別の道を選んだ。それだけでこの自由度を獲得するのが超能力者だ。

「よりにもよって、誰もが楽しいクリスマスイヴに!!　どこまで空気を壊す天才だッ!!」

そしてこの状況については、先に上条当麻が予測していた通りだ。

メンバーを二つに分ければメリットが生じる。黒幕があの少年を追いかけたとして、その後ろをさらに別働隊の美琴が追跡するチャンスが出てくるのだ。

御坂妹は地上の少年を支援させるために送り込んだが、彼女が悪党にトドメを刺す必要はない。よそへ送ってもらえば、後はこっちで片付ける。

ある四四階から別の三八階へ、その三八階からまた他の五二階へ。

ビルからビルへと自由自在に空中を舞う美琴は、とある少女を抱えていた。

電磁波を嫌うのか、銀髪少女の腕の中で小さな三毛猫がもがいている。

一通りの訓練を受けている妹達と違って、ガラスや瓦礫だらけの地上を走らせるのは危険すぎると判断したためだが。

「短髪!!　オバケサンタは通りの角を曲がったけど、そっちは本命じゃない。橋を渡った向こうに広場が見えるよ、この国何なの!?　上から見ると真っ赤なサンタさんだらけなんだけど!　今のままじゃ紛れちゃうんだよ!!」

（……いいや、上空からの目を振り切るだけなら屋内なり地下なりに飛び込めば良い。わざと自分の姿を表にさらして、私達の注目をよそへ移そうとしてる？）

ぐんっ！　と。

何かに気づいた美琴は両手でインデックスを抱えたまま、垂直の壁面を全力で走る。致死の一撃は真下、分厚い強化ガラスを突き破って現れた。ピカピカに磨かれたフロアに並べて展示してあった最新のスポーツカーが次々と外に向かって突っ込んできたのだ。

エンジン音はなかった。

ギュギュギュギャリギャリ!! という分厚いゴムが擦れるような音が響いたのは、タイヤを回さないまま何かしらの能力で車体そのものを強引に引っ張ったからだろう。

当然その程度で轢き殺される第三位ではないが、ガラスの足場を崩されてしまえば壁面に張り付き続けるのは難しい。そのまま磁力を使って大通りの逆サイド、別のビルの壁へと飛び移りながらも舌打ちする。

「チッ!!」

彼女はローレンツ力を利用すればゲームセンターのコインを音速の三倍以上で解き放つ事ができる絶大な能力者だ。

応用的に放たれる磁力にしたって、自動車の正面衝突くらいは押さえ込むほどの出力を持つ。にも拘らず、だ。

あの御坂美琴が、逃げる一方であった。もちろん応用範囲の広さなど総合的な評価はまた別物だろうが、純粋に『物を動かす力』の一点だけなら、綱引きにならない。向こうの方が出力は上だ。それでも敵が超能力者と呼ばれないのは、

(……盗撮やストーキングにしか才能を使えない種類の天才か。今まで一体どこの闇に沈んでいたのよ、あんな高位能力者!?)

脅威の一言だが、しかし本題を見失ってはならない。

あの金髪サンタ少女からすれば、御坂美琴と戦って打ち負かす事が目的ではないのだ。むし

ろ戦って消耗するほど向こうにとっては予定外の出費にしかならない。戦闘行為はどうやったってそこらじゅうに物的証拠を撒き散らし、目撃証言を増大させるリスク行動にしかならない。戦わないなら、それに越した事はないはずなのだ。

勝っても負けても損失しかない。

では、世界一ド派手なカムフラ少女にとっての理想の状況、勝利条件とは何だ？

今のところ明確に判明しているのは、

（……どう考えても打ち止め狙い）

こういう時、冷静に計算が進む自分が美琴は嫌になる。

第三位は常にボーダーラインに立っている。

表と裏、学園都市のどちらにも首を突っ込んだ稀有な存在と言えるだろう。もちろん『暗部』を覗き込む全ての人間に言えるように、初めから望んでそうなった訳ではないのだが。

（あれだけの能力があって、あの子だけは傷一つつけようともしなかった。つまり殺し目的じゃない。私達に救出されるのはもちろん、流れ弾で『ついうっかり』が発生しても困るはず。つまり何があっても安全で確実に打ち止めをどこかへ運び出す。これが目的！　あの子は一体どこにいる!?）

派手に見える動きは全て迷彩。手品師は大きなモーションを繰り出した時こそ、観客の注目をよそに集めてテーブルの下で小細工を行う。

ここではあらゆる事物を一瞬で完全記憶する少女が役立った。

「袋がない……」

「?」

「オバケサンタの背負っていた白い袋がなくなってる!」

(さっきの川にでも投げ捨てたか⁉　今水温何度よッ⁉)

美琴は思わずサンタ衣装の襲撃者が通った橋と直角に交差しているコンクリで固めた川の下流へ目をやろうとして、しかしその首が止まる。

どこかと通話していたスマホをしまい、両手の自由を取り戻したサンタ少女がくるりとこちらへ振り返った。長い金髪がシャンプーのＣＭのように大きく広がっていく。そのまま近くにあったドラム缶型の清掃ロボットの上にミニスカートのお尻を置くと足を組んで両手を天空へ差し向ける。

鉄砲のサイン。

左右二つの人差し指をはるか高層階のこちらに向け、彼女は片目を瞑る。

それだけ見ればおどけたような仕草だが、

「……来る」

美琴は思わず呟いていた。

ベストの流れをただ完璧にこなすだけが手品師ではない。

というか、それではカラクリ仕掛(じか)けの人形劇を観(み)るのと変わらない。

観客の視線を引き付けるのに失敗してトリックが露見しそうになった場合に備え、状況に合わせた複数のリカバリーシナリオを設ける。そこまでやってのプロだ。見破ったと考えた観客個人に自分から話しかけてシナリオに引き込み、新たな驚かしの材料へと作り替えるために。

つまりは。

向こうからの本格的なコンタクトが、

「来るッッッ!!!!!!」

4

「……やるなあ。わたくしの攻撃が三発も避けられるだなんてお久しぶりの事態です」

適当な清掃ロボットの上に腰掛けながら、少女はそっと囁(ささや)いていた。

この状況を楽しんでいる。

こういった刺激がなければ生きてはいけないから、『暗部』の存続を願っている。

建設途中のビルの屋上にあったクレーン、放送電波用の巨大なパラボラアンテナ、途中階から真横にせり出したガラス製の透明なプールそのものを毟(むし)り取(と)って次々と投げ込んでみたが、クリーンヒットはない。変なプライドを発揮して力と力のぶつけ合いになっていたら一発だったのだが、向こうは単純出力では敵わないと懸念した直後から回避一本に切り替えたようだ。おかげで相手はまだ生きている。

空中を飛び回る第三位の首が、一瞬よそへ向こうとしていたのは舞殿も捉えていた。殺し合いの真っ最中で、自分の命が脅かされている状況だ。出会い頭にいきなりダンプカーが突っ込んできたとして、そこでよそへ視線を振る人間なんかいない。

何か、重要なものを見つけた。

直近に迫る死よりも優先すべきと感じるほどの、何かを。

(気づかれたかな?)

こうなると、単純に混乱中の広場へ飛び込んで無数のサンタの海に溶け込んでしまうだけでは不十分だ。ここで確実に殺して一筆書きの追跡ラインを完全に断ち切る。その必要が出てきてしまった。

その上で、

「さて、クリスマスイヴをどう使いましょうかね、と」

(……できれば夜の七時までには片付けたいな。嘘まみれの学校生活であっても、一応は約束だってあるんだし。あのドーナツを安っぽいプラスチックのフォークで切り分けて、みんなでお互いに食べ合いとかしたい)

ガカッ!!　と天空で閃光が瞬いた。

　今さら全力で走り出したところで落雷は避けられない。はずだ。しかし舞殿が鼻歌交じりで自分が腰掛けている清掃ロボットの側面をブーツのカカトで叩くと、ロボットが障害物回避機能を誤作動させてわずかに横へ動いた。人間換算でほんの一歩分、しかしその変化によって彼女を狙った垂直の落雷が不自然にブレた。少し離れたクリスマスツリーを真っ二つに引き裂いていく。先端放電の人為的な誘発……いわゆる避雷針は地上と木のてっぺん、それから自分の位置を合わせた直角三角形を作り出して角度を調整するだけで、簡単に安全な距離を割り出す事ができるのだ。

　はるか頭上で行われる、舌打ちの音まで聞こえてくるようだった。

　今度はこちらの番だ。

「見つけました」

　防災上の都合でもあるのだろうか。屋内階段やエレベーターではなく外に面した清掃用ゴンドラを使って屋上へ運んでいた大きな木箱を『掴み』、そのまま真横へ飛ばす。華奢な少女の身の丈に匹敵する容れ物に対し、第三位は前髪から飛ばした高圧電流の槍で粉々に吹き飛ばした。

　そして気づいたのだろう。

　箱の中身は職人の仕事道具であると。

　日本のクリスマスは聖夜などという厳かな雰囲気からは程遠い。

　真夜中のカウントダウンイベントに使う、本格的な打ち上げ花火が刺激に触れる。

「ひゅう!!」

口笛一発と共に、恐るべき爆発があった。

耳をつんざく爆音。そして真昼の空が白っぽい濁った煙幕に包まれる。あの程度では死なないかもしれないが、花火は炎色反応……つまり特定の物質に火を浴びせる事で炎に色を付ける技術を応用している。そして花火に使う炎色反応は、銅、リチウム、錫などの金属粉末が使われる事も多い。

つまりは、

(……激しい衝撃と閃光、それに一面へ広がる濁った煙幕。もちろん普通の視覚は頼りにならないけど、マイクロ波のレーダーなんかで五感を代用したって金属チャフに攪乱されて使い物にならない! そしてその高さじゃあ一秒の遅れが致命的な結果に結び付く!!)

爆発の衝撃でまたもや屋上の看板が砕けるが、少女は頭上に人差し指を当てただけだった。それだけで重さ二〇キロ以上ある金属製の看板がピタリと空中で止まり、指を軽く横に振ると近くのコンクリ壁へ鋭く突き刺さる。スマホの画面でも操るような気軽さだ。

街全体に広がる地下構造体を直接掴んで揺さぶり新たな断層を丸ごと作る彼女の念動能力を使えば、むしろこの程度の事象は繊細な部類だ。止めたのがすごいのではなく、握り潰さずに留めた事を評価すべきである。

念動力。

ＰＫとＥＳＰの二大分類を引き合いに出すまでもなく、あまりにポピュラーな能力。外部向けのサイトやパンフレットを作るとすれば、スプーンを曲げるＰＫと伏せたカードを言い当てるＥＳＰがまず挙げられるだろう。そもそも空間移動（テレポート）や念写など物理的影響を与える能力全般を大きな枠組みで『念動力』と呼んでしまう学派まで存在するほどだ。細分化すると、物を動かす能力が念動となる。

中でも純粋にゼロから力を生み出す出力だけで言えば、おそらく最強。

それでも超能力（レベル5）という認定を受けないのは、応用性が足りず経済的価値が見出（みいだ）されないという大人の都合でしかない。

彼女の能力は。

あまりにも殺しと破壊に特化され過ぎているのだ。

ＮＢＣ兵器同様に、保有を宣言する事がそのまま国際上のリスクに繋（つな）がりかねないほどに。

「さ・て」

金髪サンタ少女は視線を振った。

鏡のように磨かれたガラスの一部が砕けている。銀髪のシスターを抱えた標的の女は壁面へデリケートに張り付く事を諦め、適当なビルの一室へ飛び込んだようだった。応急処置としては悪くないが、こちらのスペックを甘く見ている。

たかだか五〇階建ての高層ビル如き、丸ごとへし折れないなどと誰が言った？

「推定死亡者二〇〇〇人弱。本日限りの容量無制限って素晴らしい、ですっ☆」

にたりと笑って、舞殿が右の人差し指をビル全体へ差し向ける。垂直に下ろす。


ズンッ!! と。

高層ビルの高さが半分ほど縮んだ。


まるで空き缶を靴のカカトで踏みつけたような破壊だった。

だがまだ本命ではない。今のはドアや窓を歪めて封じ、順路を寸断して巨大な檻に作り替えるための下拵え。中にいる人間も『まだ』死んではいないだろう。高層ビルは、中を歩いている人間が想像する以上に隙間がある。ダクト、免震構造、ケーブル順路、各種配管。半分くらい潰した程度では、人の体は挟まれない。満足に立ってもいられず這いつくばり、金属のドアは潰れて動かず、相当窮屈な想いはするだろうが。

(標的が力任せに風穴空けて表に飛び出してくる様子もない。まあ、もはや図面はあてにならないし。コンクリの壁くらいぶち抜けるはずだけど、生き埋めの人達を消し炭にしちゃう可能性を恐れたかな? それでビル一棟分の全員が押し潰されるんだから人生とは不思議よね)

もう一本、左手の人差し指を向けるだけで良い。

舞殿星見の念動があれば、五〇階建ての高層ビルをソフトボールより小さくまとめられる。

圧縮時に得た膨大な熱のせいで溶岩のように光り輝くだろうが、液体として滴る事すら許さない、といった事も可能だ。さながら、地球の中心核は高温で溶けた鉄とニッケルのはずなのに何故か固体のまま存在し続けているのと同じように。

　しかし直後だった。

　そのままの態勢で彼女は左手を振った。よそへ。おどけたような拳銃のジェスチャーだが、舞殿にとっては絶対の武器だ。二つ目、トドメのトリガーを別の目的に向けざるを得ない何かが発生した。二丁拳銃スタイルで二つの標的を同時に押さえながら、サンタ少女が囁く。

　清掃用のロボットからお尻を浮かせ、ブーツを履いた自分の足で地面を踏む。

　遊びの時間は終わった。

　イレギュラーが、手品師のリカバリーシナリオで丸め込める領域を超えつつある。

「……何しに来たんです？」

　脅威は、少年の形をしていた。

　血まみれの上条当麻は構わず言った。

　誰もが笑い合うクリスマスイヴには、絶対似合わないその単語を。

　すなわち、

「リベンジ」

5

冷静な訳はなかった。

上条当麻の心臓はさっきから暴れ回っていて、喉もからからに渇いて見えない膜でも張り付いているようだ。注意しないと何を言っても声が裏返りそうだった。

ナイフで刺された、という事実だってどうやったって消えてなくならない。

相手は。

涼しい顔して、平気でこれをやる人種だ。

脇腹の傷については雑に消毒して糸で縫っただけ。流れ出た血を補充した訳ではないし、じくじくとした痛みも常に意識を苛んでいる。逆に、失血で頭がふらついていなければ激痛に耐えられずのた打ち回っていたかもしれない。そういう状況だ。

それでも上条当麻はここまでやってきた。

自分が倒れていた間、状況を繋いでくれた少女達の善意に報いるために。

そして。

ありえない理不尽から打ち止めを取り戻すために。

ハッタリでも何でも良い。

なけなしの意地と勇気をかき集めろ。

今は、弱い所を見せても何一つ良い方向には転がってくれない状況だ。そしてこれ以上悪化したら、絶対に失ってはならないものを決定的に砕かれてしまう。素人の肌感覚でも明確に摑み取れるところまで基準が落ちている。嫌というほど分かってしまう。

だから。

そうならないためにも、絶対に。

こちらと向こう。

「狙う相手を間違えているのでは？」

二ヶ所へ同時に人差し指を差し向けながら、サンタ少女は静かに笑っていた。

本当は、少年の呼吸なんか詰まっていた。

ナイフよりも恐ろしい、絶対の切っ先を躊躇なく向けられているのだから。

「敵を倒すか仲間を助けるか。どっちが優先かを考えれば、こんな所で遊んでいる暇はないと思いますけどね」

「……ほんとにそうなら、アンタはべらべらとはしゃべらない」

言って、上条は少女に倣った。

右手で拳銃を作って、先ほどまでサンタクロースが腰掛けていたドラム缶型の清掃ロボットを指し示したのだ。自由を取り戻し、再びゆっくりと動き出した塊を。

震えるな。

目を逸らすな。

言葉を滑らかにする努力を怠らないだけでも、『流れ』は変わる。転落しっ放しだった何かをこのラインで食い止め、持ち上げられる。だって見ている側からすれば不気味だろう。さんざんボロ負けして腹まで刺されて、それでも何事もなく反旗を翻す敗残兵の存在なんて。

理屈に合わない何かになれ。

計算が合わない存在になれれば、そこから引っ掻き回せる。

ここは非科学的な事象は受け入れられないか、科学的な用語に置き換える事でしか納得のできない学園都市だ。

しかし一方で、上条当麻は運という言葉だけは信じている。

主に理不尽な不幸を浴びるという形で。

「川に袋を投げたのなんかブラフだろ。後ろめたいヤツは、逃げている最中に一筆書きで追いかけられるように荷物を運んだりなんかしない。だからアンタは自分の安全のために、まず逃走経路を二つ以上に枝分かれさせる必要があった。だから川に注目を集めて、打ち止めが詰め込まれたロボットを裏から安全に逃がすのがアンタのリカバリーシナリオ。だろ?」

声は、裏返らない。

まだいける。

失った血は誤魔化せない。正直に言えば、息を吸って吐くだけでも額の汗が冷たくなって眩暈が襲いかかるような状況だけど。

バヂッ！　という火花のような音があった。

清掃ロボットの動きが切り替わる。

いいや、乗っ取ったのだ。少し離れた場所に栗色の髪をショートにした少女が佇んでいた。御坂美琴と同じ目鼻立ちだが、本人ではない。量産軍用クローンの妹達でも清掃ロボットのコントロールくらいは奪える。

「……『舞殿』です」

サンタ少女はゆっくりと指を動かした。

どこか遠くのビルに向けていた右の人差し指までこちらへ差し向けてくる。右と左の二丁拳銃。どうやらその全部を使わなければならない程度には、脅威に思っていただけたらしい。

「舞殿星見。以後お見知りおきを」

「それもブラフ」

呑まれるな。

言葉の応酬に、波と波のぶつかり合いをイメージする。呑み込むのはこちらの方だ。だからここでは、似合わなくてもニヤリと笑って訳知り顔で即応するしかないのだ。

上条当麻は眩む意識を繋ぎ止め、そして呪文を唱えた。

「犯罪者が現場で本名なんか残す訳ない、ここで迷彩広げたって事は意外とビビってる？」

ゴンッッッ‼‼‼と。

街そのものをぶっ壊す壮絶な破壊音と共に、死闘の火蓋が切られた。

おそらくは念動能力。

元から建物を切り崩し、道路を地盤ごと持ち上げ、水道管やガス管も自由自在に引き千切れるだけの能力を見せつけていた。

右と左。

力を加える基準点が二つに増える事で、その応用の幅は極大まで広がっていく。

その時一体何が起きたのか。

路上駐車してあったステーションワゴンが頭の上まで持ち上げられたと思ったら、柔らかいパンを二つに千切るように真ん中から毟り取られたのだ。結果、撒き散らされるのはタンクの中に溜まっていたディーゼル燃料。バッテリーの火花で着火し、降り注ぐ火の雨を上条が転がって避けたところで、巨人のボクシンググローブのようになったスクラップの塊が左右から同時に襲いかかる。

右手の幻想殺しだけで超常の力を押さえ込んでも、制御を失った車の残骸にそのまま潰されるだけだ。

よって上条は勢いを止めずに、そのまま身をひねって転がった。

そのまま車道と歩道を遮るガードレールの下を潜り抜ける。横に長い金属板ではなく、太い柱の部分を盾にする格好でだ。

金属製の耐衝撃構造体がステーションワゴンの前半分を押さえ込んだが、ホッと一息つく暇もなかった。

ゴッ！　と。

鈍い音と共に上条の視界がブレたと思ったら、五メートル以上真上に投げ飛ばされていた。

足元の地面が爆発的に隆起し、ジャンプ台として機能したのだ。

たかが五メートル。

しかし柔道の一本背負いをイメージすれば分かる通り、受け身の取れない状況なら高低差一メートルでも相手の意識は奪える。まして鋭いガラスや重たい鉄クズの散らばったアスファルトの上なら致命的だ。

「くっ!!」

上条はとっさに手を伸ばし、デコレーションされた街路樹の幹に摑みかかる。太い電飾ケーブルが千切れて鞭のように暴れ回り、そちらを右手で防いだところで根元から木を折られた。

普通に倒壊するのとは違う。一八〇度ひっくり返すような、不自然な縦の回転に巻き込まれる。

そのままだったら金槌で虫を叩くように上条の体はひしゃげて潰れていただろう。

だがそうならない。

無理してグリップにこだわらず幹から手を離した事で、縦回転の動きには巻き込まれずにそのまま外周へ投げ飛ばされたのだ。より正確には、洋菓子店の正面を飾っていたウレタン製の巨大なプレゼント箱のオブジェのど真ん中に背中から突っ込む格好で。

右手で鉄砲のジェスチャーを作って油断なく構えたまま、舞殿(まいどの)と名乗ったサンタ少女はその細い人差し指でくるりと小さく円を描いていた。

二本の指で一つの標的を指定する。

右と左で互いに引っ張れば千切れて破断、逆に押し付ければ圧縮。ただし力を加える点と点を同一線上からわざとズラして配置すれば、それぞれの動きから回転運動にも結び付けられる。単純に標的を指先で指定してフリック入力で動かすだけでも危険な能力だったのに、ヤツは両手の指を使う事でベクトルの加工まで可能にしてしまった。

長い金髪を揺らし、舞殿星見(まいどのほしみ)は静かに評価した。

「良く動きますね」

「アンタはそうでもないな。固定の砲台なのか?」

いける。

まだヴェールは機能している。サンタ衣装の襲撃者は、良くも悪くも自分の能力を表に出し過ぎだ。それはきっと、脅えの裏返し。彼女は本質的に恐れている、何を使うか分からない能力者を。

だから派手に自前の能力をぶつけて敵対者からボロを出したいか、それができなければ自分の派手さをアピールして未解析のままでも力業で押し流せると信じたい。

理不尽な暴力というのは、もちろん怖い。

だけど脅えが見えれば、それもメッキに思えてくる。

強大であれば強大であるほど、逆にそれだけ怖がっているのが透けてしまうのだから。

（……まだ勝ってる。波を作って呑み込んでるのはこっちの方だ）

対して、少女は二つの人差し指を天高くに向けた。写真写りでも気にしているようにしか見えないが、それは空爆のサインだ。大空で何かを『掴み』、そして両手を勢い良く振り下ろしてこちらへ叩きつけてくる。

上には何もない、などと思ってはならない。

大空には、空気がある。

（固体限定じゃ、ない？）

ギクリと心の歯車が固まるのを上条は感じた。これはまずい。『未知』はいつだって無条件で人を呑み込み、頭を真っ白に飛ばしてしまう。

揺さぶりが来た。

ただでさえ全身ボロボロなのだ。心まで呑まれれば、上条にはもう勝ち目はない。

大至急理解しろ。

ここで止まるな、目一杯潤滑油を注ぎ込め。

さもなくば、呑まれて潰れる。

(冗談じゃねえぞちくしょう!!)

「チッ!!」

上条は慌ててズボンのベルトを外し、近くの街路樹に巻きつけて命綱とする。頭の上から空気の塊が襲ってくるだけなら軽い脳震盪程度かもしれないが、それとは別に地面へ叩きつけられた風の塊は逃げ場を求めて三六〇度全方位へと撒き散らされる。真上からの衝撃に身構えていたところで足元をすくい上げられたら、そのまま何十メートル転がされるか分からない。

まして、路上はアスファルトの細かい破片や窓のガラス片でじゃりじゃり。

それらを暴風が拾って横殴りに叩き込んでくるとしたら?

ゴッ!! と。

無数の鉄球を扇状にばら撒く事で五〇人単位の敵軍の突撃を一発で相殺する、指向性地雷よりも悲惨な大爆発が大通りを埋め尽くした。風呂のパイプ掃除でもするように。

太い木の裏にしがみついて耐えるしかなかった。

巨大なヤスリをかけたように硬い樹皮がめくれ上がり、電飾ケーブルや細い枝が削り取られて風に持っていかれるのが分かる。幹より外側に一歩でもはみ出てしまったら、生身の血肉など秒も保つまい。

　しかし、重要なのはそこではない。

　そのまま上条は叫ぶ。半ば血を吐くようにして。

「御坂妹!!　無事だよな。清掃ロボットを見失うなよ、そのまま追いかけろ!!」

　そう。

　舞殿とかいう偽名の女の目的は、上条を殺す事ではない。打ち止めを詰めた『容器』を確実に現場から遠ざける事。しかも追跡のラインは断ち切る形でなければならない。派手な攻撃は手品師がテーブル下で手を動かすまでのお膳立てでしかないのだ。

　だからこその、風を使った無差別な大爆発。

　ガラスや鉄片の雨の中でも痛みを感じない清掃ロボットなら構わず行動すると考えたのか、あるいはロボットごと暴風で投げ飛ばすつもりだったのかまでは知らないが。とにかくここで正面からの脅威にだけ耐えているようでは、本命を見失う。そうなったら、この女に勝っても意味がない。

　そして分かってきた事がある。

（……ヤツは人間そのものを念動能力で『摑んで』振り回したりしない）

　単に打ち止めを現場から遠ざけるだけなら、それが一番手っ取り早かったはずだ。人質だけ投げるにしても、自分ごと能力で浮かべて大空を飛び回るにしても。地面を持ち上げて上条の体を真上に突き上げた時だって、そんな回りくどい間接攻撃ではなく直接上条の体を掴んで大空へ投げ飛ばしてしまえば良かったはずだ。

なのに、そうしない。

いいや。

暴風が収まったタイミングで上条は街路樹に巻き付けていたズボンのベルトを手放し、木の幹の裏から飛び出した。

サンタクロース衣装の金髪少女へと、最短最速で突っ込むために。

当然、相手は左右の人差し指をこちらへ向けてくるが、

「で、できない」

とっさに、上条はそう宣告していた。

まるで自分自身に言い聞かせて、安心を得たがるように。

理解しろ。そうすれば呑まれない。波を作って襲いかかるのは、自分の方だと言い聞かせろ。

精神的な優位を作りたいのは、そのために嘘をついても構わないとまで思っているのは、何も上条だけではないはずだ。だけど何故そのハッタリを被せたいのかまで思考が及べば、逆に舞殿の脅えが透けてくる。

無理にでも牙を剥いて、心のクロスカウンターを狙え。

そう、

「少なくともアンタは、生きている人間をそのまま『掴む』事はできない!!　タンパク質とかの素材の制限があるのか、他人の意志が乗っているとジャミングされるのかは知らねえがな!!」

だとすれば、突撃してくる上条そのものを押さえ込む事はできないはずだ。

どちらかと言えば、古い屋敷でひとりでに家具が動き回るポルターガイストに近い能力だったのかもしれない。『原石』と呼ばれる天然で発生する無自覚な能力者、特に小さな子供が高いストレス下で暴発させる現象とも言われるそれを、ある程度自分から振るえる事ができるようになった、といった感じで。

何かを掴んで、振り回す。

直接ではなく間接攻撃に終始するなら、必ずワンテンポの遅れが発生する。

その前に辿り着ければ。

接近戦では銃器よりもナイフの方が強い。それと同じく、懐まで踏み込みさえできれば舞殿の能力は怖くない!!

「だから」

そこで、分かたれた。

正面に向けていた両手の指を、左右へ大きく。

相手の方がわずかに速かった。そして何かを『掴んだ』舞殿星見が、改めて二つの人差し指を正面へと差し向ける。

大顎を閉じるように。

「それがどうしました？」

ずっ、という鈍い震動があった。


直後に左右から巨大なビルが基部ごと毟り取られた。

そのまま突撃途中だった上条当麻を容赦なく挟み込み、風景の中から抹消する。

6

「ふう……」

（やり過ぎたかな。ガスの匂いが漂ってきたし……）

舞殿星見はそっと息を吐いていた。

今回は制限ナシ、目標達成のためならいくらでも殺して構わないと言われている。しかし今のは明らかに過剰で無意味な演出だった。手品で言うなら、トリックの露見を恐れた手品師が野次を飛ばしてきた観客を怒鳴りつける行為と同じだ。

左右両側、高層ビルを二棟ほど真横にスライドさせた。クレーンで動かせるような重量ではなく、作業員を中へ入れるにしては不安定過ぎるので、この大通りを回復させるには爆破解体が必要だろう。しかも基部から毟り取ったおかげで、電気ガス水道、各種の配管をそのまま千切る形になっている。特に都市ガスが問題だった。人工的に調整された異臭を感じ取れるという事は、状況次第ではここも爆発に巻き込まれる恐れがある。

ド派手な切断マジックの最中に、誤って本当に自分の体を切り落としてしまうほど間抜けな展開はない。

まず自分の安全を確保する事が基本にして真髄なのだ。

そういう意味では、とっさの事で安全確認を怠ったサンタ少女の手品は二流に質が落ちた形になる。

「……、」

わずかに沈黙し、舞殿星見は視線を切った。

薄紙一枚通さないほどピタリと噛み合ったビルとビルの繋ぎ目から、金髪ウィッグを大きく広げるように一八〇度後ろへ振り返る。

（半分潰したビルからそろそろあの二人が這い出てくる頃か。今から建物を潰すより、いったん出てくるのを待って確実に殺した方が『安心』を得やすいかな。死んだかどうか分からない、はクライアントの不安を無駄に煽るだけだし）

それよりも、だ。

やはりどうしても、サンタ少女は別の事が気になる。

直接的因果はない。倒したはずの相手にいつまでも脅えるようで苛立たしいが、己の心を否定しても始まらない。

(……あの男、例の通常モデルのクローンに指示を飛ばしていたな。そっちを始末したら清掃ロボットを回収して最終信号の運搬作業を完了させる。それで終わりか、寂しいクリスマスになりそうね)

「……どこかで山盛り生クリームのドーナツもう一個食べましょ。赤紫のチョコ掛けドーナツと抹茶クリームの塔をナイフとフォークで分解していって、悪い気を祓うんだい」

ちょっといじけながら、だ。

勝者が頭の中でやる事リストを固めているが、当然ながら気づいていた。

さっきからスマートフォンがうるさい。

小刻みに振動するモバイルを掴み取ると、案の定だった。

『やり過ぎだ』

「誰でも分かります」

『分かっていてこうしたのか』

「うるせえな、わたくしをこんな風にしたのはアンタら大人達だろうが」

舞殿星見は、むしろ静かに着火した。

だがそこに何の危険性もないなどとは言わせない。

「……お箸の持ち方が分からない」

ぼろりと。

高校生くらいの少女が放つにしてはおかしな言葉が出てきた。

低い低い怨嗟と共に。

「そんな事って思うでしょう？　『奪った側』はそうなんだ。だけど誰もができる当たり前の事を奪われるっていうのは、あなた達が計算した以上に人の心を縛り付ける！　わたくしは、人差し指でしか全てを操れません。あなたがそうした。能力の最適化とか言って、ある日突然何の断りもなくっ!!」

何でもできる委員長。

必ずしも頭の出来で他の皆を突き放す訳ではない。殊更に運動神経が高い訳でもない。それでも、ちょっとした雑学やお作法で分からない事があればとりあえずこの人に聞いてみればいいや的な、気軽な話し相手。そんな所に彼女は立っていた。

だから。

こんな当たり前で躓く事だけは、絶対に許されなかったのに。

「……まるで幼児です。学校でおしゃべりしていても、放課後に外食する時も、いつも背中を丸めて本当の事がバレないかびくびくしながらフォークやスプーンを摑むしかなかったッ!!」

気づけば相手は黙っていた。

気圧されている、などという可愛げが残っている人物ではない。十中八九呆れている。感情だけで人材を切るほど馬鹿げた相手でもないだろうが、失点は失点だ。

舞殿は自分の呼吸を意図して整えながら、

「指示には従う、わたくしにも『暗部』は必要だから。だけどこのわたくしに、必要な事以上を期待するのはやめていただきたい。社会に適応？　柔軟に対応？　できねえよ。大人達が扱いやすいよう、そういう風にわたくしの機能を切り落としている、い、い、いるのはあなた方なのでしょう？　ならばわたくしはシンプルに事を進めます。あなた達が、身勝手に期待したように」

なおもスマートフォンからは長々としたご命令がやってくる気配だったが、舞殿はモバイルを掴んだまま怪訝な顔になった。

それから、小さく舌打ちした。

金髪のサンタ少女は短く告げた。

「失礼」

業腹ではある。

だがそうした話とは別の次元で、舞殿星見は自分の仕事を半端なままでは終わらせられない。『暗部』では学歴や出自などは使い物にならない。実力。生きていくためには、こいつを曇らせる訳にはいかないのだ。

「……積もる話もありますが、ご依頼の仕事に戻ります」

そう言って通話を切るだけの理由があった。

つまり。


「それがどうしましたって言われてもさ」


「……、」

声が。

どうしようもなくシンプルな少年の声が、背後から。

でも、どうして？　どうやって？？？

……先ほどの戦いで、あの少年が冷や汗まみれでハッタリを繰り返していたのは舞殿も何となく理解している。こちらを精神的に縛るためでもあったし、ナイフで刺されてボロボロになった己を鼓舞する意味合いもあったのだろう。特に学園都市で能力を軸とした戦いをするのであれば、こういった方法論も決して間違いではない。そして常道のセオリーであるが故、裏方の邪道に走る舞殿には見破るのも容易かったが。

だが、これは？

まだ術中が存在しているのか？

それとも本当の本当に、状況が戦術の一歩外まではみ出してしまったとでも言うのか。

滑らかに。

計算とも地金とも言い難いほど饒舌に、後ろから自分以外の誰かの声が流れる。

この状況は、二択のどちらだ⁉

「モノしか動かせない念動能力なんて、さもありなんって感じだよな。それだけとてつもない出力なのに何で超能力認定されないのかなって最初っから疑問だったんだけど、確かに。あんまり羨ましくないんだよ、アンタの能力。それなら何にでも応用が利く御坂とか、風のウワサで耳にする精神系最強の第五位とかの方が、まだしも『面白そう』って思えるし。もしも一日だけ能力を交換できるとしたら。そう考えたら、やっぱりアンタは最強格とは呼べないんだ」

「……」

舞殿星見の歯車が、止まる。

予定のタイムテーブルが、今度こそ完全に崩壊する。

「誰も助けない、誰も笑顔にできない、ただ壊すだけの力」

いっそ悔いるように。

他人のひどい傷を見てしまったような声で、その質問はあった。

「何があったらそんな風になるんだ？　……お箸の持ち方が分からない、なんて事を言っていたみたいだけど」

ぎぎぎぎぎぎぎぎ、と錆(さ)びた人形みたいにぎこちない動きで、舞殿星見(まいどのほしみ)は再び一八〇度体ごと振り返る羽目になった。常に主導権を握り続けていたはずの少女が、自分以外の意思によって、無理矢理に振り返らされたのだ。

そこに、いた。

何の変哲もない少年が、普通に立っていた。

脇腹から血の赤を滲(にじ)ませ。

一二月の寒空の下でも不気味なくらい全身から汗を噴き出し、それでいて憔悴(しょうすい)しきったように顔色を真っ青にしても。

それでも、決して倒れずに。

そもそもこの形で、この骨格が残っている方がおかしい。これぱっかりは言葉のハッタリで気持ちを鼓舞したところで覆(くつがえ)せる訳はないのに!!

「どう、やったんです？」

「どうしたと思う」

「五〇階建て以上の高層建築を二つも使った！　最大荷重は一〇万トンじゃ利(き)かないっ、それともあなたの両腕は原子力空母を丸ごと押さえ込めるとでも!?」

「俺は別に古代遺跡のからくり仕掛(じか)けに巻き込まれた訳じゃない。ビルの一階なら窓もドアも普通にあるだろ。体当たりで突き破れば中は空洞のフロアだ。どうせやるなら二つのビルがぺしゃんこになるまでひたすら潰し続けりゃ良かったんだよ、金箔職人の一品みたいにな」

しかも。

あるいは、だから。

聞かれた。お箸の話を。

死体を確認する前に安心したのはこちらの落ち度だが、それにしたって。

友人に嘘(うそ)をつき、日々の生活を欺いてまで守ってきたものが、こんなにもあっさりと。

精神的に縛る。

己を鼓舞する？

そんな言葉で許される限界を、軽く超えてきやがった。

「……ころす」

「アンタにゃ無理だ」

「殺すッッッ!!!!!!」

おそらく『それ』は、目の前に立つツンツン頭の高校生に向けた感情ではなかったのだろう。本人にとってはとんだとばっちり。しかし舞殿星見(まいどのほしみ)には、どうしても抑えられなかった。『暗部』に身を浸し、もう戻れない所までやってきていながら。笑ってしまうほど自覚があるのに、どうあっても我慢ができなかった。

全部無駄になった気がしたのだ。

胸に刺さった小さな痛みも。

何も知らない人達を騙しながら守ってきた、ツギハギだらけの学園生活も。

得体の知れないノイズに、頭の奥から侵食されていくのが自分で分かる。分かっていて、止められない。人の心の面倒臭いところが出てきた。舞殿にとっても、想定した範囲の外にまで状況が脱線していったのだ。

「ええ!!　ええそうですよッ!!　わたくしは誰でもできる簡単な事ができない。二本の棒切れを右手一つで操る事ができない、食べ物を摘み上げる事ができない、お箸を使う事ができない!!　グーでまとめて握り込んでっ、小さな子供みたいに突き刺すくらいしかっ!!　分からないでしょうね、あなたみたいな人には。悩む必要もなく当たり前にできて、そういった当たり前を大人達の手で理不尽に奪われた事もない人になんか!!」

「……奪われた？」

「今の技術では、人の頭から脳細胞そのものを抉り取る事なく、特定の情報だけを厳密に消し去る事はできない。必ず復旧のリスクが残るんですよ。本当の意味でそんな処理ができるのは、おそらく学園都市の第五位くらいのものでしょうね」

自分の頭が膨らむようだった。

内側から上がり続ける体温のせいで、呼吸すらおかしい。

目尻に涙さえ浮かべながら、舞殿星見は叫んでいた。

「だけど膨大な情報を特定部位に流し込んで何度も何度も上書き操作を繰り返す事で、復旧不能にする事はできます。シグナルスライド法。わたくしの頭は、この能力を使うためだけに最適化された。余計な部分を切り落とす形でッ‼」

だから、使えない。

両手の人差し指に全神経を集中させる。そのために。

昨日までできた事が。幼稚園児でもできる当たり前が、彼女にはできない。

「笑っちゃうでしょう？」

口元はきっと緩んでいた。

だけど舞殿星見は、笑っていなかった。

世の中にはいる。カタカナが書けない、掛け算の九九ができない。誰もが当たり前に通過している場所で足踏みしている事を誰にも言えなくなった結果、基本から応用へ進めず、学校生活のレールから外れてしまってどこにも行けなくなる子供達が。

彼女もそうだった。

惨めと言われるのが何よりも怖くて、だからずっと黙っていた。

「もう一度、学校のみんなと気兼ねなくご飯を食べてみたい。もう一度、誰の目を気にする事なく背筋を伸ばして気になるお店で食事をしたい。たったそれだけだったのに、気がつけばこんな泥沼に両足突っ込んで身動き取れなくなっているんですから!!」

ガキュッ!!　と空気が削り取られる不気味な音が炸裂した。

舞殿が己の足元にあったガラス片を人差し指で指定し、指で弾くような動作と共に真正面の獲物目がけて勢い良く解き放ったからだ。

最大荷重一〇万トン以上。

高層ビルを二棟丸々使うほどの大技の直後に、わずか数ミリの透明な針。

人間の感覚は刺激に慣れ、本人の知らない所で五感に補整をかけている。まともな人間であれば、このギャップを修正する前に額の真ん中をぶち抜かれているはずだ。

「そっか」

「ッ⁉」

おかしい。

それでも、その少年は揺るがない。

気づけば彼の右手が、何の変哲もない掌が正面にかざされていた。それだけで、崩れる。真正面、わずか数メートル先の獲物を撃ち抜くはずだったガラス片が力なく落ちてしまう。

途切れた。

千切れた。

たとえるなら、見えないロープウェイのようだった舞殿星見(まいどのほしみ)の能力、そのものが？

しかも相手は、そんな事実に言及しない。

意図して自分の切り札を隠している訳ですら、ない。

まるで。

そんな事よりもっと重要な話がある、とでも言わんばかりに。

「じゃあ、ちょっとは楽になったか？」

「……、あ？」

意味不明だった。

しかし思考の空白へ無理矢理ねじ込んでくるように、その少年は言ったのだ。

「だってお前は、そうやって今まで誰にも言えなかった事を全部吐き出したんだろ。どうだった？　苦しくて、恥ずかしくて、もがいて暴れてのた打ち回りたくなるほどだったとしても、でもちょっとはすっきりしたんじゃねえか？」

何故(なぜ)、そんなに分かったように言う。

知ったような事を言われるのが一番癇(かん)に障(さわ)るはずなのに、的確に刺さる？

考え、そして舞殿(まいどの)の時間がわずかに止まった。

もちろん客観的な根拠なんて何もなかったけど。

まさか、

「……あなたも？」

「……、」

「何かを失っている？　いいえ、他の誰かの手で奪われているんですか⁉」

あの少年にとって、右手の存在が特別である事は何となく想像がついている。その上で、彼は確かにこうした。

拳銃のジェスチャーを作って、自分のこめかみに突き付けたのだ。

「記憶が」

「……うそ……？」

「今年の夏より前の一五年分、丸ごと全部なくなってる」

決して大きな声ではなかった。

大仰な身振りも、抑揚をつけた声色もなかった。逆にそうした『演出』が挟まっていれば、プロの舞殿は一発で見抜いていただろう。だけど、それがない。故に分かってしまう。

言葉の重みが。

リアルな響きによって空気そのものがパキリと音を立てて固まっていくのが、確かに。

真実は決して優しくない。

暗部に身を浸して自分を守っている舞殿星見は肌で知っている。むしろ、剥き出しの正しさは本質的に人の心に傷をつける武器として機能するのだと。

「まあアンタと違ってエピソード記憶ってのだけらしいからさ、日々の暮らしに影響はないんだけど。もちろん客観的に証明なんかできねえよ、アンタのお箸と一緒でな」

アリなのか？

そんな事があって許されるのか。

舞殿星見にだってすがってきたものはある。『暗部』に身を浸してこの手で人を殺めてきても、それでも守りたかったのは人と人との繋がりだった。だから『できない』事への羞恥があって、『できない』事を覆い隠すために嘘をついて、ずぶずぶの泥沼へと沈んでいった。

でも。

辛いならやめるかと言われれば、答えはノーだ。

どんなに心を引き裂かれても、自分の胸の中にある思い出だけは失いたくない。人と人の繋がりを大切にして、暗闇の中を突き進む。そんな小さな光くらいは残しておきたい。

それを。

よりにもよって、それを奪われた？

「……だったら、どうして？」

言葉が出た。

最初から最後まで拒絶していたくせに、気がつけば舞殿は求めていた。

答えを。

「どうしてそんなところに立っていられるんですか⁉　どう考えたってハンデは決定的で、どんなに努力したって失ったモノは戻ってこなくて、原因となった何かを恨み抜いた方が『気が楽』だったはずなのに⁉　どうしてッ‼」

普通の少年だった。

異質な戦いに慣れてはいるのかもしれないが、本質の部分で甘すぎる。

それは嫌というほど『暗部』に身を浸してきた舞殿には良く分かる。他にも居場所があるというだけで、この少年は決定的に舞殿星見とは人種が違うのだと。

原因となった何か？

そんなの本当はどうだって良い。何かを失ったという事は、それだけで世界の全部を恨み抜いても構わない免罪符をもらったようなものだ。だって誰も気づいてくれなかったじゃないか、守ってくれなかったじゃないか、もう取り返しがつかないじゃないか。そう金切り声を上げていれば何でも許される、被害者としての絶対的な特権を手に入れられるはずだったのに。

だけど、だ。

少年は首を振ったのだ。横に。

「楽になんかならねえだろ」

「……、」

世界が。

違った。

「辛いよ、そんな道は。どう考えたって悲惨過ぎる。だから俺は、自分が記憶をなくした事をずっと隠してきた。結局そんな三文芝居はあちこちボロボロで、気づかれる時はあっさり気づかれたりしたもんだけど。だったらもう、記憶なんて形のないものにはすがらない。だって世界は目の前に広がっているんだ。それなら楽しまないと損だろ、みんなで手を取り合って。笑って、走り回って。そっちの方が、よっぽど楽だ」

価値観の根本が違う。

故に、相容れない。

「お前はどうなんだ」

なのに言葉が耳から離れない。

ただ理解不能として意識から追い出してしまう事が、舞殿星見にはどうしてもできない。

「俺とお前は、なくしたものの種類も経緯も違う。だから聞くけどさ、いつまでもなくしたものに縛られているのが、そこまで心地いいか？　お箸の持ち方が分からない、そんな自分はどうやったって変えられない。それがどうしたって言える自分になりたくはないのかよ」

「……できない」

「できるよ」

「そんなに簡単な話じゃないッ!!　新しいものを注いだって隙間が埋まる訳じゃないし、一足す一が二になるほど単純じゃあないんだ!!　データの量さえ同じなら中身が一緒って話にはならない。あなただって相当すり減っているはずです。だから無理をするのはやめろっ、だって思い出がないなんて辛すぎる。お箸が持てないなんて次元じゃない！　あなたはわたくしなんかよりよっぽどボロボロになっていないとおかしいんだッッ!!!!!!」

「記憶をなくした、もう二度と元には戻らない。それがどうした。……俺はここまで辿(たど)り着けたぞ。それはそれは、長かったけどな。お前は今どこにいるんだ。長い道のりのどこに居座るのが、自分にとって一番心地いいんだよ？」

なら、何だ？

これはどういう事だ。一体、二人はどこで分岐した？

痛みを知らない外野が奇麗ごとを言っているのではない。

実際にいる。

舞殿(まいどの)よりもひどい状況にいる少年が、現実にこれを選択できたって事は……？

「きっとさ、理由になんかならないんだよ」

「……ま、れ」

「何かをなくしたり、奪われたり。確かにそれは辛(つら)いけど、『だから』何でもして良いなんて話にゃならねえんだ。いいや、もはや楽しいとか辛(つら)いとかですらない。……そもそもなりたくねえだろ、そんな自分になんか」

「黙れェェェえええ!!!!!!」

ゴッッッ!!!!!!と。

空気というより、地盤が唸(うな)り声(ごえ)を上げた。直後に舞殿星見(まいどのほしみ)のすぐ横で、アスファルト全体が大きく盛り上がった。そこで終わりではない。こんなものはただのカタパルト。真下から押し上げられたのは、トンネルだった。地下鉄の線路を一式丸ごと地上へ放り出したのだ。

警笛などなかった。

先頭部分に追加で装着された大量のレンズやセンサーを見る限り、おそらくは無人制御。クリスマスセールに特化した貨物列車だろう。しかし有人であったとしても構わない。

空気をねじ曲げ、引き裂くようにして、八両編成の鉄塊が容赦なく上条当麻(かみじょうとうま)へ襲いかかったのだ。純粋な物理破壊力『だけ』で言えば学園都市第三位、超電磁砲(レールガン)以上。しかも今度は能力抜き。列車自体はあくまで電動モーターで動かしているだけだ。

しかし。

それでも。

「いろんな人を見てきたよ。記憶をなくした後も」

右へ一メートル。

わずかに足を動かす、それだけで。

その少年は、あらかじめ敷かれていた致死のレールの範囲外へと簡単に逃げ切る。

壮絶な破壊音も気にせず、彼は舞殿星見を見据えていた。

「エリートの超能力者とか、もがいても上に上がれなかった落ちこぼれとか。大切な誰かを守れなかった煙草臭い魔術師とか、何の落ち度もない悲劇をずっと引きずっている聖人とか。……俺達だけじゃない。みんな誰にも理解のされない痛みを背負って、それでも歯を食いしばって世界の全部と戦ってた。俺達だけが、『だから』で全部メチャクチャにして良いほどこの世界は小さくなんかないんだ!!」

なら。

それなら、自分はどうしたら。

気持ちを変えたところで、世界の方がすり寄ってくれる訳じゃない。

シビアな現実は揺るがない。

ここまできてしまった以上、もう『暗部』からは戻れない。血まみれの道なんか振り返るだけで吐きそうだ。『だから』恨みの気持ちが必要だったし、前だけ見ていれば『いつか』学校の友達と気兼ねなく笑い合えるなんて荒唐無稽な未来を追いかけられると信じられた。

実際には。

最初の一人を殺した時点で、もう絶対に無理だと分かっていたのに。

そこで諦めてしまったから、二人目も三人目も躊躇う事がなくなったはずだったのに。

「ああ」

めきり、と。

おかしな音があった。

それは舞殿星見の能力ではない。彼女は何もしていない。

「だから、もしもお前が一人で勝手に思い悩んでいるのなら。もしも何の形もないものに縛られて自分からチャンスを棒に振ってきたのならさ」

だとしたら。

本当の音源は。

彼女は見る。ある一人の少年が、その右の手を静かに、しかし強く握り込んだ事を。

拳の形を作り出した事実を。

そして少女は耳にした。

その言葉を。

「……そんなくそったれの幻想は、ここで欠片も残さずぶち殺してやる」

7

一歩だ。

上条当麻にその一歩を踏み出す力と勇気さえあれば、この戦いは終わらせられる。

脇腹を刺されて、御坂妹の手でおざなりに縫ってもらったものの完璧ではない。そんな中で無理に体をひねって舞殿の攻撃を何度も避けたり防いだりしてきたのだ。服の下がどうなっているかなんて想像もしたくない。最悪、刺された時より傷口はひどくなっているかもしれない。

だけど。

それでも。

(……終わらせる)

打ち止めは絶対に助けなくちゃならない。

上条の記憶がない事や舞殿がお箸を使えない事に、彼女に落ち度がある訳ではないのだから。

舞殿星見は止めなくてはならない。

これ以上罪を重ねたって彼女の望むものは返ってこない。この戦いが終わった後に待っているのは、どうしようもなく辛い現実の連続だろう。それでも、ここでいったん断ち切らなくては戻れない。何があっても、舞殿が自分で思い描いた世界から離れていく事なんか許さない。

小細工抜き。

互いの底は知れた。これ以上言葉の応酬で呑み込もうとする行為は何も生み出さない。後は、全身全霊の正面衝突があれば良い。

上条当麻は舞殿星見を理解し、舞殿星見は上条当麻を理解した。

十分過ぎるほどに。

だから。

二人の間には、最後の合図なんかいらなかった。

「もうここで！　絶対に終わらせるッ!!」

真正面から。

右と左。拳銃のジェスチャーを作った二つの指先が、上条当麻に突き付けられた。

どうしようもない敵。

住んでいる世界の違う人間。

それでも。

何故か、彼女は笑っているように見えた。今にも泣きそうなくしゃくしゃの顔で、それでも笑っているようにしか見えなかった。

ようやく。

初めて。

醜悪で暴力的な本音を全部さらけ出しても許される、気兼ねのない友でも見つけたような顔で。

「「おおおおおおおおおおおおおおおおおおおおおおおおおおおおおおおおおおおァァァああ‼‼‼」」

二人して、吼(ほ)えた。

上条当麻(かみじょうとうま)は右の拳を握り込んで前へ駆け、舞殿星見(まいどのほしみ)は原子力空母すら丸ごと動かす念動能力(テレキネシス)を左右同時に振り回す。

地面が隆起し、千切れたガス管が露出した。

炎と衝撃波の中を、身を低くした少年が歯を食いしばって潜(くぐ)り抜(ぬ)け、そこへ真上からギロチンのようにビル壁に取り付けられた大画面が降り注いできた。ガラスや鉄クズが四方八方へ飛び散り、解き放った舞殿(まいどの)自身の頬に赤い傷が走る。彼女にとっても予想外だが、もはや構わない。地面にぶつかり、砕けてひしゃげてバウンドした大画面のなれの果てを、もう一度左右の人差し指で『摑(つか)む』。二つの人差し指を外側へ大きく離して観光バスより巨大な液晶機材を真ん中からトーストよりも簡単に引き裂いて、巨人の拳のように構え直す。

灰色の粉塵(ふんじん)が舞い上がる。

全てを覆い尽くそうとする。だけど実際にはそうならない。

上条当麻は。

それでも全力疾走し、灰色のカーテンの向こうに消えようとするサンタ少女へと飛び込んだからだ。

『暗部』なんて実体もないものに呑み込まれて、誰の手も届かなくなる。

そんな末路など絶対に許さない。

そういった想いに形を与えるように。

「不死身ッ、ですか⁉　あなたは‼」

叫んで、しかし違うと舞殿自身おそらく気づいている。

ボヒュッ‼　と。

右のストレートに左のフック。並の乗用車くらいなら高層ビルの屋上まで吹っ飛ばすほどの豪腕を、上条は体を振って回避する。

特殊な能力じゃない。状況への対処を丸投げした幸運や神頼みでもない。

守る。

助ける。

その範囲には彼女がさらった打ち止めだけでなく、襲う側の舞殿星見自身さえも含まれる。

だからそのためなら、目の前で手を伸ばせばそれだけで届くというのなら、足の震えなんか抑え込める。上条当麻には、どこまでいってもこの右の拳しかない。決着をつけるならどうしたって懐まで飛び込むしかないのだ。だとしたら、やる。激しい爆発に見舞われても、鋭いガラスや鉄片がそこらじゅうに飛び散っても。掴まなくては助けられないというのなら、何があってもその手を掴める距離まで踏み込む。歯を食いしばって。痛みを呑んで。

そう。

言うまでもなく、上条当麻は血まみれだった。

無傷なんてありえない。脇腹の傷だけではない。衝撃波に打ちのめされ、刃物のような破片を全身にいくつも浴びて。思い出したように体のあちこちから赤黒い血が滲んだとしても、だけどこの一歩だけは絶対に踏み込むと最初から決めていた。だから動けた、それだけでしかなかったのだ。

「……大丈夫」

一〇秒でも、五秒でも、一秒でも構わない。

もう少しだけ。

もしも、この体が動くなら。

舞殿星見が蜘蛛の巣のように張り巡らせてしまった、悲劇の連鎖を断ち切れる!!

「お前が一生お箸を使えなくたって、全部奪われて鉄格子の中に入ったたって。それでも俺は、絶対にお前を見捨てない!!」

ひたすらに鈍い音が。

想いとは裏腹に暴力的な轟音が、壊れた街に響き渡った。


右の拳が、突き刺さっていた。

頬に鈍い一撃を受けたまま、『暗部』の刺客は最後に何を思ったのだろう。

悲鳴の一つもなかった。

誰よりも普通に憧れていた少女は、そのまま真下へすとんと落ちた。

8

強大な能力者を拘束するというのは、『どこまで』やれば良いのかという点で非常に難しい問題ではあるのだが、今回に限って言えば両手の人差し指というトリガーが明確に分かっている。上条はどこかの工事現場から転がってきたらしいダクトテープを拝借すると、まず倒れた舞殿星見の二つの掌をグーにしてから、手首全体をぐるぐる巻きにした。そこから両手を後ろに回してさらに縛り上げる。

(……舞殿か)

しゃがみ込んだまま、わずかに上条はその顔を覗き込んだ。

できるはずの事ができなくなった少女。

もしもなくした記憶に固執を続けていれば、上条だってこうなっていたかもしれなかった。

(何をしてやれるんだろうな。俺みたいなただの高校生に)

「とうまっ!!」

「うわ何それ、アンタもうサンタ衣装でもないのにそこらじゅう真っ赤じゃない!?」

そうこうしている内に、他の少女達が集まってきた。

インデックスを抱えてビルの壁面から降りてきた御坂美琴。

「そっちこそ。よくもまああれだけの状況で怪我一つなかったな。てか、エレベーター止まってる中で外まで出られただけでもすごいぞ」

「ああっもう、髪もコートも埃っぽい。アスベストとか使ってないでしょうね、これ。潰れかけたコンクリは抜き差しできないし、何より破れたガス管と電源ケーブルの組み合わせが怖すぎる！　おかげでスマートタワーの元栓を閉めていくのに苦労させられたわ。それがなければもう少し早く到着できたんだけど……」

さらに清掃用ロボットに黄色と黒の工事用ロープを掛けて引きずり回す御坂妹まで。

「そいつに打ち止め入ってんの？」

「ガラス式信管など非電気トラップの有無を確認するまで迂闊に開けられませんが、とミサカはいかにも意味のある事していますアピールに余念がありません」

いつの間にかクローン少女が働きたくないサラリーマンみたいなアクションを覚えている。

となると、だ。

「これ頼む」

上条は倒れた舞殿から手に入れたスマートフォンを気軽に放り投げたが、何故か同じ顔の少女達が二人で取り合う結果となった。

「単純出力ならともかく繊細な作業という点においてミサカが戦力外通告されるのは心外です、とミサカはがさつなお姉様とは違うんですアピールに余念がありません」

「ならサイバー攻撃のベンチマーク対決でもやってみる？　ミサカネットワークで全員分の脳を繋いでも構わないわよ。それから誰ががさつか」

「ではお洒落ドーナツを賭けて。今から自転車バイト君を呼びつけるので到着までにロックを解除しましょう、とミサカは提案します」

「乗った。……けどこれ本人のラッキーカラーじゃないと意味ないんじゃなかったっけ？」

言い合いながらも、結局は二人で頬を寄せて同じ画面とにらめっこしていた。実際には一つの機材の中でパスコードクラックを競っているのかもしれないが、傍から見ると仲の良い姉妹にしか見えない。

そして横からインデックスが口を挟んだ。

「それ、五八〇五一じゃない？」

「そんな当てずっぽうで何とかなるはずが……ええっ嘘お⁉　何で解析結果が五八〇五一になっちゃうのお⁉」

「オカルト少女のオカルトな部分が本領発揮しております、とミサカは怪奇現象を前にぶるぶる震えます。占星術や姓名判断は数学や統計学が使われているとは聞きますが、具体的に今何が起きたのでしょう？」

ドーナツもーらいっ☆　という言葉と同時であった。自転車で運ばれてきたホイップクリームだらけの毒々しい一品がそのまんまインデックスの胃袋に収まった。……これであいつはあっち側だ。日陰に佇むツンツン頭のなめくじはもう眩し過ぎてリア充様を見ていられない。

スマートフォンは情報の宝庫だ。

舞殿星見については、本名も含めて何一つ分かっている事がない。

彼女の単独犯ならここで事件はおしまいだが、何かしらの利害で他人と結びついているなら、打ち止めを巡る危機は終わらない。警備員に預けるのは当然として、そこでホッと安心して楽しいイヴに戻って良いのか、あるいはまだ警戒を続けなくてはならないのかくらいは知っておきたい。たとえそれが素人同然の、下手の考え休むに似たりであったとしても、それでも知って考える事で心は『休める』のだから。

が。

開いた画面に目をやる事もなく、美琴はスマートフォンをこっちに投げ返してきた。

「ほら」

「？」

「何があったか知らないけど、中を覗く資格持ちってアンタしかいないんじゃないの？」

だろうか。

だったら嬉しいが、これぱっかりは上条にも断言できない。

他人のスマホの中身を覗くという最低行為に走る。礼儀作法についての電子書籍や動画へのリンクなどがとにかく目立つ。これはもちろんお箸の持ち方絡みだろう。幼児向けの育児本などを避けている節もあるが、おそらくプライドを傷つけられるからか。

何の変哲もないデジタルな文字列の並びに、思春期の生々しい人間味が滲んでいる。

アルバムの中にはかなりの写真が並んでいた。しかし不思議と、金髪少女は一人もいない。最初は友達の写真だけ撮っているのかと思ったが、やがて今さらのように気づいた。ウィッグとカラーコンタクトで人相を隠していたのだ。

上条がしゃがみ込んで気絶した少女の頭からかつらを取ってみれば、思ったよりもあどけないおかっぱの少女の素顔が見えてきた。

アルバムの中で、一番多く映っている少女と同じだ。

このスマホにも本名らしいものはなかった。ただ、写真の人物や背景の小物などを精査していけば身元は分かるかもしれない。そうまでして暴きたいとも思えなかったが。

写真の中の少女達はみんな笑っていた。

だけどこれは、舞殿が自分のコンプレックスを呑み込み、覆い隠して作り上げた光景だ。

舞殿星見なんて名前自体、全くの偽名なのだろうけど。

まるでずっと昔に入れたタトゥーをいつまでも服の下に隠し続けるような生き方だった。ましてや舞殿の場合は、他人の手でそれをやられたのだ。

（……拳と拳だけじゃ、分かり合えない事ばっかりだ）

「御坂」

「？」

「大体見たけど、中身が普通過ぎる。他にスマホやケータイを持っている様子はなかった。『暗部』ってのがどんな世界なのか本当に本当のところは知らないけどさ、連絡用のツールなしで務まるようなものじゃないんだろ？　多分このスマホ、隠しの領域がある」

「調べるけど、何か気になるところは？」

「通話履歴とかアドレス関係とかが何もない。平たく言えば、誰と連絡を取り合っていたか」

りょーかい、とスマホを受け取った女子中学生が気軽に請け負った。

ややあって。

「何もないわね」

「……、」

「何だって？」

美琴があっさり白旗を揚げるなんて珍しい、と上条が思った時だった。

何故か少女はにんまりと笑っていた。

「ようはこのスマホは専用のサーバーに繋げるだけの代物で、仕事の資料や連絡先は全部遠く離れたデジタル金庫に収めてあるって訳。万が一現場でスマホを落としたり奪われたりしても、このラインを切断してしまえば取引相手の情報が漏洩する心配はなくなる」

「じゃあこれ以上追いかけられないのか？　打ち止めはどこかに届けるつもりみたいだった。つまり舞殿とは別に、『受取先』がいるって事だろ」

「そう。普通なら、ね？」

片目を瞑った美琴が、借り物のスマホを軽く振った。

単調な電子音が鳴り響く。

「出てきたわ。じゃあアンタ……」

「いや、プライベートは多分入ってない。仕事の話だけならみんなで見たって構わねえだろ」

見た事もない画面のリストに、ずらりとファイル名が並んでいた。末尾についている拡張子自体、知らない並びばっかりだ。試しにいくつか触れてみても、言葉の並びが独特だった。大人達が交わしている契約書とは違うが、感覚的にはあのちんぷんかんぷんが近い。専門用語や回りくどい言い回しばっかりで、目の前に答えがあるのに何も頭に入ってこない。

「ミサカが要約しても？」

「頼む」

「ようは統括理事長絡みの話です、とミサカは一言で結論から入ります」

「あいつの？」

上条が怪訝そうに言った。

ここで言うあいつとは、アレイスターと呼ばれていた『人間』の話ではない。ヤツの後に、その座を引き継いだ別の人物が存在する。

御坂美琴にとっても、御坂妹にとっても因縁深い相手だった。

そして何より、一度はさらわれた打ち止めにとっても。

美琴もそっと頷いて、

「……このファイルが正しければ、だけど。新しい統括理事長がまず始めたのは、学園都市の『暗部』の一掃。だけど『暗部』に居心地の良さを感じている連中や、そこから抜け出せない人間はその決定に反している。だから、確実に使える交渉材料を欲していたって」

「……、」

言葉で言うほど簡単ではないはずだ。

理想だけ口に出したところで恐怖に脅える人達が証言してくれるかは分からないし、奇麗ごとそのものに反発が来る可能性だってある。当然ながら、みんながバラバラになって不発に終われれば報復で真っ先に狙われるのは先頭で旗を振って音頭を取った人間だ。

　その覚悟のほどは、すぐに明かされた。

「まず自分の罪を暴く」

「何だって？」

「言葉の通りよ。一万人以上のクローンを殺害した『実験』を中心に、自分が今までやってきた事を暴いていく。そうする事で、例外はないと内外に示す。恐怖に脅えて半信半疑の人達を日向の世界まで引きずり上げるには、それくらいしなくちゃダメだって。……実際に、警備員の詰め所まで顔を出して自首してる」

「自首って、あいつがッ⁉」

「そんな事するようなタマには見えないんだけど、どうやらマジらしいわ」

　当然、切り出す事情やタイミング次第で罰則が変わる訳ではない。罪が暴かれれば相応の報いがくるだろう。普通に考えて、鉄格子から出られる日はやってこない。

　ファイルに目を通しながらも御坂妹が首を傾げて、

「つまり新しい統括理事長は、年をまたぐ事もなくさっさと役職を辞退するという話なのでしょうか、とミサカは疑問を呈します。さらに『次の統括理事長』が再び『暗部』を復活させてしまったらそれまでだと思うのですが」

「統括理事長には自分で辞めたり次を指名する権限はあるけど、下の人間から罷免されるようには作られていないみたいね。職員室で先生が賛成票を集めたところで、校長先生や理事長先生をクビにできる訳じゃないって感じかしら」

学園都市は、元々アレイスターが自分の目的を果たすために作った巨大教育施設だった。他人の手で邪魔されるようには制度を固めないだろう。

となると、

「……鉄格子の中に入ってでも、そのまま統括理事長としての権限を使って街を動かせるならそれで問題ないって考えてる訳か」

「いっそ徹底しているわよね。この街のてっぺんに立つ人間って、みんな分厚い壁に囲まれるのが好きになるのかしら」

ともあれ、これで利害ははっきりした。

学園都市の『暗部』を潰したい側と、そうなっては困る側。

言ってみれば、この街の明るい側面と暗い側面が丸ごと真っ二つになって正面衝突している構造だ。そうなれば、街の半分が丸ごと打ち止めを狙ってくるだろう。舞殿星見はその尖兵の一人に過ぎない。ここだけ退けても根本的なところが解決しない。

「何か……」

思わず、だ。

上条当麻は敵を求めていた。

「誰かいないのか、分かりやすい黒幕とか!?　本当にただ散発的に悪党が襲いかかってくるだけだとしたら、永遠に気が休まらないぞ！」

ぶわっ!!　といきなりエラー表示が頻発した。

誰かが気づいたのだ。

接続を切ろうとしているというより、データそのものを消そうとしているのか。

「不満を束ねている人間がいる。それから具体的行動に移しやすいよう、金と武器を供給している人間でもありそうだけど」

しかし美琴は気に留めなかった。

そもそも裁判で使うための証拠が欲しい訳ではない。

事件の裏にいる、本当の黒幕の名前さえ分かれば良い。サーバーにあるデータを慌てて消そうとしているという事は、ここにある情報は本物だと暗に認めたようなものだ。

つまり。

御坂美琴は、まさに今消えゆく情報を口に出した。

「根丘則斗。一二人しかいない統括理事の一人よ」

9

ばこりという太い音があった。

御坂妹が鹵獲したドラム缶型の清掃ロボットのてっぺんにある丸い蓋を開けた音だった。どうやら警戒していたトラップは確認されなかったらしい。上条としては、そうなっているんだ、という不思議な感動しかなかった。本来ならプラスでもマイナスでもない特殊な形のドライバーを使って開けるようだが、磁力を操って直接ネジを回してしまったようだ。

中はほとんど空洞らしく、小さな子供くらいなら膝を抱えてそのまま入ってしまいそうなくらいのスペースが確保されている。とはいえここがゴミだらけでないという事は、舞殿が最初から移送用に（どこかから盗んできて）確保していた個体なんだろうか。

ともあれ。

意識を失ってぐったりしているが、両脇に手を差し込まれて引っ張り出された打ち止め自身はひとまず無事だった。

特殊な操縦捕縄で手足や口を縛られてはいたが、これは罠ではないらしい。そして電気系なら美琴に敵う道理はない。

「ん？　でもクローン系のこの子が自分で電子制御の操縦捕縄を解けなかったって事は、やっぱりサイバー攻撃系では私の方が優勢って話になるんじゃあ……？？？」

「上位個体一人がしくじったばかりにミサカ達全体の品質が問われる事態に陥りました、とミサカはあらぬ疑いにわなわなしてみます。司令塔、全体的に反省して」

よほど貴重な人質だったのか、幸い打ち止めに目立った傷などはなさそうだ。そこには悪意が乗っていたかもしれないが、これまで舞殿星見がイヴの街並みでもたらしてきた大損害と比べてみれば、やはり幸運と呼ぶべきだろう。

頭の上に三毛猫をのっけたまま、インデックスがこう尋ねてきた。

決定的な分岐を促す言葉を。

「とうま、これからどうするの？」

「そうだな……」

正直に言えば、単なる高校生の上条にはこの事件の全貌は見えない。

大人の都合とかパワーバランスとか、そういうものが横たわっているんだろうとは思えるが、じゃあそれが具体的に目に見えるかと言われれば答えはノーだ。何となく、分かったような、くらいでは手術や爆弾解体はできない。今ここで上条が純粋な論理だけで正しい答えを導き出すのは、おそらく不可能だろう。

「まずその根丘っていうのは具体的にどういうヤツなんだ？」

何しろ学園都市のてっぺんどころか、自分の高校の校長先生の顔すらあんまり覚えていない上条当麻である。これは記憶喪失うんぬんの問題ではなく、そもそも接点が少なすぎるからだろう。学園都市に一二人しかいないウルトラVIP。言ってみれば一国の閣僚みたいなものかもしれないが、だからこそ、てっぺんもてっぺんの大統領や総理大臣以外はあんまり印象がない……というのと似た感覚かもしれない。

普通に暮らしていれば、まず接点はないはずだ。

「表の情報だと、セキュリティ関係に強い人物のようね。統括理事ってやっぱり重鎮だけあってご年配の人が多いみたいだけど、その中で言ったらこいつはかなり若い。とはいえ私達みたいな子供の世界にいられる人間じゃないけどね」

「そうか、偉い人だから行政のホームページとかに活動記録なんかがあるのか」

「てか本人のSNSがあるわよ？」

……なんかもうついていけない次元になりつつある。こう、事件の黒幕って言ったら地下の秘密基地の一番奥で謎のヴェールに包まれているとかじゃないのか？

ただ美琴の携帯電話を横から覗いてみる限り、思いっきりオフィシャルといった感じの内容だった。小奇麗で、丁寧で、隙を見せず、だからこそ体温を全く感じない。大企業の本社ビルの前に置いてある看板だってもう少しぬくもりがあるのではあるまいか。

スーツは似合うがビジネスマンという感じはしない。

良くできた青年実業家か、あるいは映画俳優といった方が似合う。単純に背広の重鎮にしては歳が若いのもあるし、スーツ姿にしては内側に筋肉がついているからかもしれない。もっとも、ＳＮＳの写真なのでどこまで加工してあるかは未知数だが。最悪、丸ごと影武者なんて可能性すらあるかもしれない。

「セキュリティ関係というのは？　ようは言い方を変えた兵器関係でしょうか、とミサカはかわゆく首をひねりながら質問を放ってみます」

「黙れ媚び女。うーん、そっちじゃなくて消防とか防災とかに詳しいって感じね。慈善やボランティアにも相当のお金をつぎ込んでいる。……もっとも、本当の顔を隠すのに都合が良いからって話かもしれないけど」

善が悪をねじ伏せるなんて話じゃない。

正義よりも強い悪を作って安心を得たがる訳でもない。

……本当の本当にどうしようもない人間は、そもそも善や正義を味方につける。自分の都合の良いように振り回して、それでも足りなければ丸ごと仕組みを作り替える。

「消防や防災だけだと攻撃的には聞こえないけど、逆手に取られると怖いわね……。災害救助ロボットを悪用した兵器化とか、災害の人工再現なんかに手を伸ばしていないと良いけど」

何にしても学園都市を統率する一二人のＶＩＰだ。

舞殿星見ですら、尖兵。

本人が何も持っていない、なんて話だけは絶対にありえない。世界全体の科学技術をまとめて支配する学園都市の覇権そのものに触れられる存在なのだから、当然様々なゲテモノ技術を独占しているはずだ。

『あの』統括理事。

実際のところ、風のウワサとネットの情報を眺めてどこのどなたか分かっているつもりになっているだけに過ぎない。底の知れない相手と戦う事を決めるのは、怖い。最悪、どこまでもがいてもがいても終わらないという可能性だってある。

考えなしで挑める相手ではない。

本来だったら絶対に触れるべきではない。

ただし、

「……反則技を使うって事は、そうしないといけない事情が向こうにもあったんだと思う」

「とうま?」

「権力とか上下関係とか大人のパワーバランスの話なんか、俺達には『見えない』。それを今すぐ実感するなんて無理だ。けどさ、そういう『見えない力』を今まで振りかざして甘い汁をすすってきたのが根丘則斗（ねおかのりと）、統括理事とかいうお偉いさんなんだろ。そういうヤツなら、自分で拳を握る前にまず『見えない力』を使うはずだ。汚い事をやって、金をばら撒（ま）いて、権力使って、大勢の人間を動かして……それでもどうにもならなかった。だから最後に暴力を使った」

当然だ。

当たり前も当たり前だが、暴力にはリスクが付きまとう。自分の立場を守るために暴力を使うのは結構だが、そいつが露見して自分が社会的に追い詰められたら、統括理事・根丘にとっては何の意味もないのだ。この黒幕は、明らかに自分のために戦っている。自分一人が犠牲になる事で学園都市が平和になったのだ、では困るはずだ。

だとすると、

「……戦おう」

言った。

上条当麻は一言で選択した。

「このままずるずるいったら、いつまでこんな状況が続くか分からない。敵は何度でも襲撃にチャレンジできて、こっちは一瞬でも気を緩めたら即死。一回ミスしたらそこでおしまいなんて、そんな状況にしちゃならない。だとするなら、今しかないんだ。大人のパワーバランスは、どうやったって俺達には『見えない』。今日チャンスがあったとして、明日や明後日まで同じ条件が続いているかどうかは誰にも分からないんだから」

打ち止めがこんな目に遭う道理なんかなかった。それを言ったら舞殿星見だってそうだった。まだ見た事もない次の敵だって、次の次だって、きっとみんな『そう』なのだ。

根丘則斗。

慈善やボランティアすら自前の弾丸に作り替え、善や正義を味方につけて、自分の手は汚さずに多くの悲劇を生み出すクソ野郎。こんな歪んだ潔癖症のために、多くの人が可能性を奪われて人生をねじ曲げられている。

『暗部』。

真っ黒なユートピアを守りたいなら、自分が矢面に立てば良いのに。

お箸の持ち方が分からない。

誰にも理解のされない苦悩で唇を噛み、涙を堪えていた舞殿の顔が脳裏にちらつく。

一方通行に対する打ち止め、舞殿星見の場合はお箸のコンプレックス。

最悪の大人は、いつだって何かを盾にして子供達を意のままに操ろうとする。拳も握らず、意思もぶつけ合わず、そもそも戦いの形なんか作らないで。それがスマートだから、君のような人間ごときに付き合っている時間はないのだよ。人の人生を丸ごと奪って利用しておいて、出てくる言葉はそんな程度しかない。

こいつを止めない限り、悲劇は終わらない。

絶対に。

「もう終わらせよう、こんな事」

敵は今、弱っている。

大人のルールでは対処不能になったから、幼稚で暴力的な子供のルールにまでレベルを下げて強引に決着をつけようとしている。具体的には、幼い打ち止めをさらって人質に取る、なんていう馬鹿げた方法で。

だけど、普段は手の届かない雲の上の存在が自分から地べたまで降りてきたのなら。

今なら手が届くとしたら。

「ヤツがここでもう一回手の届かない場所まで舞い上がる前に、ここで胸ぐらを掴む」

だから、これが答えだった。

彼の結論はこうだ。

「この方法は、おそらく今日しか使えない。俺達の知らないところで誰かが戦ってくれたからここまで弱らせる事はできたけど、この先根丘が回復しないなんて保証はどこにもないんだから。それならこのチャンスは使うべきだ。どこかの誰かが始めてくれた事を、しっかりと繋ぐべきなんだ。……でなけりゃ同じ事の繰り返しだ。打ち止めはさらわれて一方通行は破滅して、舞殿の代わりに別のヤツが人生を奪われて『駒』として補充される。笑うのはただ一人、ふざけた潔癖症の根丘だけだ!!」

「構わないのでは、とミサカは賛成の意思を表明します」

無表情なままゴーグル少女が追従してきた。

「どうやって根丘の居場所を突き止めて総攻撃を加えるかはさておくとして、『戦えばそれだけで決着する』ほど要件が簡略化されているのは奇跡的と言える状況です。この機を逃し、政治や経済まで絡めた状況からやり直しを図るよりは、今日ここで強引に決着をつけてしまった方が全体効率の面では最適と言えるのではないでしょうか、とミサカは補足説明を加えます」

「で、騎兵隊はこれだけ？　今も眠っている打ち止めを入れても五人しかいないけど。ああ、そっちの頭の上にのってる猫ちゃんを入れれば六になるかしら。何とも頼もしい限りね」

「えっ？　一人じゃないって珍しくない？　むしろ今回は多い方だと思うんだけど」

「「……、」」

何故かインデックスと美琴が同時に睨んできた。視線の圧がすごい。

一人ぼっちは寂しい。

と、

「それについてなのですが」

御坂妹は小さく手を挙げて、

「根丘則斗が司令塔の身柄を狙っている以上、彼女を現場に連れていくのは自殺行為でしかないでしょう。どんな形で戦うにせよ、最終信号は現場から遠ざけるべきでは、とミサカは進言します」

「……けどそれ、打ち止めを一人にしちまうのも危なくないか？　根丘の伏兵が何人いるか分からない状態だと、俺達が戦っている裏で打ち止めがさらわれるなんて事態にもなりかねないんじゃあ」

「ですから、必須事項を並べますと。まず統括理事・根丘則斗撃破のための人員が必要です。

司令塔はよそへ退避させるとして、彼女一人では不安。そうなると最終信号を護衛するための確かな戦闘要員が必要になります、とミサカは指を二本立てて説明いたします。つまり、チームを二つに分けるのが最大効率なのでは？」

簡単に言ってくれる。が、具体的には誰をどこに配置する？

あらゆる異能を打ち消す上条や魔術に対しては無敵の迎撃性能を誇るインデックスは、しかし普通の鉄砲には弱い。御坂妹は銃やナイフには強いが、極端な異能には対処できない。オールマイティな最強戦力と言えば美琴になるが、彼女を最前線から遠ざけると今度は根丘則斗を確実に討ち取れるかが心配になってくる。一つの塊になってチーム全体で考えるとバラエティ豊かな人員だが、一人一人を切り分けるとメリット・デメリットがかなり大きく浮かび上がってしまうのだ。

しかし、これについては御坂妹がそのままこう続けた。

「なのでこのミサカを司令塔の護衛要員に回すのが最適かと思われます、とミサカは自分の顔を指差します」

「ええっ、御坂妹が？」

「……不安げなのが引っかかる物言いですが。通り一遍銃器を扱う腕はありますし、電気系の能力も使えますから街のセキュリティを利用できます」

「けどアンタ、それってさっきの舞殿クラスでもやれる？　無理でしょ、ねっ？」

「あいつあのゲス野郎を今すぐ叩き起こしてください。このミサカがボッコボコにして差し上げます、とミサカは腕まくりでやる気を表明します」

ちょっと無駄なモチベが出過ぎているので上条が慌てて羽交い絞めする羽目になった。誰の笑顔も守らない拳なんてあまりにも無意味過ぎる。

量産型少女は（後ろからぎゅっとされたまま）無表情でジタバタしながら、

「何より、根丘則斗ら『暗部』存続派は新統括理事長の罪……すなわちミサカ達が巻き込まれた過去の『実験』が表に露見しては困るのでしょう？　ミサカは、ミサカ自身を人質にして戦えます。司令塔と通常シリアル、クローン人間が二人もいて、しかも銃声なり『欠陥電気』なりで派手に人目を引き付けながら戦い続けるとしたら相当やりづらくなるでしょう、とミサカは戦況予測を並べてみます」

一理ある。

打ち止めを最前線に連れ回す事はできない、という点は確かに頷ける。わざわざ誘拐犯の目の前でご馳走をぶら下げるほど間抜けな話もあるまい。

しかし一方で、足りない。

御坂妹の論理は、まず前提として『根丘則斗達は穏便に、水面下で決着をつけようとしている。だから自分達の起こした事件が表社会に大きく露見するのを避け、そうなる懸念があるようなら後ろに下がる』という理屈があってこそだ。例えばテレビ局の中継カメラやスマートフォンを使った生配信の現場を見かけた時は襲撃を中断する、など。

ただし。

（……舞殿星見一人に、あれだけの『自由』を与えておいて？）

そう、そこが信用ならない。

どれだけ事件が大きくなっても、権力の頂点を握ってしまえば後でいくらでも揉み消せる。だから今は、とにかく今日この日を乗り切れ。そんな思考で動いているとしたら、ストッパーが機能しない。テレビカメラの前だろうが配信中のスマホの前だろうが、容赦なく根丘やその兵隊は逃げる少女達の殺害や誘拐に移るだろう。

となると、もう一枚。

何かしら強力なカードを切って牽制する必要がある。

「……これはひょっとしたらヤツの苦労や努力を全否定するかもしれんが、まあそこまで義理立てしてやる事もないだろ」

「とうま？」

「御坂妹。打ち止めについてはお前に預ける、ただし逃げ込む先を一個だけ提案したい。それで構わないか？」

「採用するかどうかはさておいて、意見を聞く程度でしたら」

息を吸って吐く。

そして上条当麻は笑顔で全部まとめて台無しにした。

「一方通行が籠城している警備員の詰め所があるんだろ。そこまで打ち止めを連れていって、一緒に固まってろ。後はあの学園都市最強が根丘の兵隊を押しのけてくれる」

自分からは外に出ない。

学園都市の自浄作用を信じる。

なるほど結構。だったら一方通行が鉄格子の外に出なくても打ち止めを守れる環境を整えてやれば良い。同じ建物にいる分には構わないだろう、自衛のために両手を振り回した結果たまたま居合わせた民間人を助けてしまったとしても。

上条当麻には、難しい大人の話は分からない。

単なる暴力を抜け出して、そんな複雑な世界で戦っている統括理事長はすごいと思う。

でも。

だけど。

どう考えたって、この子はあいつが守るべきだ。効率とか合理性とか、そういう話の前に、最初からそう決まっていないとおかしい。上条当麻は打ち止めの身柄を借りていただけで、彼女が両手を広げて自由に走り回る世界は別にある。それがルールなんだと言ってやらなければならない。絶対に。

「う……」

瞳を閉じたまま、打ち止め(ラストオーダー)の小さな唇から呻き(うめき)のようなものが洩れ(もれ)た。

思えば、最初からおかしかった。

自分の行動半径を抜け出してオリジナルである御坂美琴(みさかみこと)を捜していたのは、こういう事態になっていると気づいて助けを求めていたのだろうか。彼女の目線でしか分からない、上条(かみじょう)や美琴達(みことたち)がすでに失ってしまった鋭敏さをフルに使って。そうかもしれないし、そうではないのかもしれない。あるいはただ漠然とした感覚に脅え(おびえ)てあてどもなく走り回っていただけだった可能性だってある。怖い夢を見た子供が枕を抱えて右往左往するように。

けど、だからどうした。

それがシビアな現実だろうが、たわいもない夢の話だろうが。

脅え(おびえ)て苦しむところを放っておくなんて、もう真っ平だ。上条達(かみじょうたち)は、ここに居合わせる事ができた。なら気づいてやらなくてはならない。そして行動するべきだ。世界の全部はいきなり救えなくても、目に見えるところから一つずつだって。

そうやって、誰でもできる事を誰もが挑戦していく事で、世界全体の天秤(てんびん)が少しでも傾く方に賭けた『人間』がいた。この世界は、良い(いい)所と悪い所を天秤(てんびん)に載せたら、ほんの少しであっても明るい方に傾くのだと。

見せてやれ。

望んだ世界はここにあると。

学園都市第一位が思い描いた世界であれば、もう舞殿星見(まいどのほしみ)みたいに他人の都合で道を踏み外す人間はいなくなるかもしれない。踏み外してしまったとしても、もう一回だけやり直すチャンスを与えてもらえる優しい社会ができるかもしれないじゃないか。他人任(ひとまか)せではない。できるかどうかは学園都市で暮らしている、どんなに小さくたってその歯車になっている、上条(かみじょう)達(たち)自身にかかっているのだ。

そう信じろ。

ヤツがそうしたように、自分も賭けろ。

上条当麻(かみじょうとうま)はみんなの顔を見回した。インデックス、御坂美琴(みさかみこと)、御坂妹(みさかいもうと)、そして打ち止め(ラストオーダー)。

それから彼は一言ではっきりと言った。

宣戦布告の合図だった。

「それじゃあ一丁、派手にやってやろうぜ」

10

バタバタしてきた。

警備員(アンチスキル)の詰め所、その秘匿取調室で話を聞いていた黄泉川愛穂(よみかわあいほ)だったが、彼女も彼女でよそと連絡を取り合っている。

対面に座って透明なテーブルに足を投げていた一方通行(アクセラレータ)は軽く舌打ちして、

「何か動いたか？」

「今正面玄関に打ち止め(ラストオーダー)を連れた少女がやってきているじゃんよ。それから根丘(ねおか)の子飼いを気絶したまま抱えてる」

安っぽい椅子ごと後ろにひっくり返るかと思った。

どうやら冗談ではないようで、黄泉川(よみかわ)が手にした公務用カスタムのタブレット端末にはセキュリティカメラの映像が表示されている。天井近くにある固定の防犯カメラではなく、隊員の胸についた個人携行カメラのものだ。

無表情な少女が、何故(なぜ)か両手でピースをしながら申告していた。

『どーん。統括理事・根丘則斗(ねおかのりと)の不正行為に関わる人員と電子証拠を持ってきましたので提出します。サーバー本体をデリートされているためこのスマートフォンにはわずかな残滓(ざんし)しかありませんが、それでも精査すれば拠点に関する情報もはっきり分かるでしょう、とミサカは馬鹿でも分かるよう丁寧に説明いたします。やったね』

『ミサカが言おうとしてた事全部言われたっ⁉ ってミサカはミサカは泥棒猫に愕然とした視線を送ってみたり⁉』

『ミサカは全体で一つの大きなミサカでもありますからね。だが勘違いをしてはなりません。このミサカは無能力者派だ、とミサカは片目を瞑って右手でポーズを決めてみます。ばきゅーん☆』

「……どこまで空気が読めねェんだクローン人間ってのは」

注意しないと奥歯を噛み砕きそうになるほど強く歯軋りしながら第一位は呻く。

「だが状況が動いたのは事実じゃんよ」

いい加減堅苦しいのにはうんざりしていたのか、黄泉川は黒いジャケットを適当に脱ぎ捨てながら、

「警備員としては保護を求める人間を表に突き返す真似はできないし、根丘に関する決定的な証拠が出てきたのなら大いに結構。これで消極的に守りを固めるだけじゃなくて、こっちから打って出る事ができるじゃんよ」

「言うほど簡単じゃねェぞ。相手は『暗部』に根を張るクソ野郎のテッペンだ、絶対に隠し球がある」

「それは、今連れてこられた能力者みたいなのがまだ他にもいるって言っているのか？」

「……、」

「だとしたら、その子達を助けるのも込みで私達の仕事だ。無視する訳にはいかないじゃんよ」

一方通行(アクセラレータ)は鼻から息を吐いた。

うんざりしたように呟(つぶや)く。

「馬鹿野郎が」

「なに言ってやがる。いくつもの闇がわだかまっている学園都市にだって『そういう力』があるんだって方にアンタは賭けたじゃんか。だったらご期待を裏切る訳にゃあいかんだろ」

脱いだジャケットを空いた手に引っ掛け。

そして両足を揃(そろ)えて直立すると、黄泉川愛穂(よみかわあいほ)は右手で敬礼した。

「警備員(アンチスキル)チーフクラス・黄泉川愛穂(よみかわあいほ)。これより事件解決のため緊急出動いたします」

「勝手にしろ」

11

夕方になっていた。

事前に舞殿星見(まいどのほしみ)のスマートフォンから抜き取った情報によると、根丘則斗(ねおかのりと)は学園都市最大の繁華街である第一五学区、その巨大複合ビルに陣取っているらしい。低層階のショッピングモールや映画館、中層階の一流企業オフィス、そして上層階の高級マンションが全部まとまった、富と権力の象徴のような高層建築だ。その最上階が統括理事の屋敷となる。

「……古い時代の権力者よね」

下から七〇階建てのビルを眺めながら、御坂美琴は両手を腰にやっていた。

「ようは間抜けな殿様が高い高いお城のてっぺんから街を見下ろしたいっていう、アレでしょ？　あるいはすでに失われたものに憧れているクチなのかもしれないけどさ」

「良く分からんが、こういう黒い金持ちって自分の命にはデリケートだと思っていたんだけど、セキュリティとかどうなってんの。背の高いビルって火事とか襲撃とか色々怖そうじゃん」

「屋上に個人所有のＶＴＯＬ機。これだけの面積でしょ、ほとんどヘリ空母の飛行甲板みたいになってるって。無人操縦を含めて同時に何機も飛ばせるから、対空ミサイルとかにも狙われにくいんじゃない？」

「なるほどそいつは金持ちだ」

両手で三毛猫を抱えたまま、インデックスはしきりにあちこち見回していた。

彼女が言うには、

「あそこの人、さっきも見た」

「インデックス？」

「あっちの女の人と、アイスクリーム食べてる人も。着ている服はさっきと違うけど」

「……警備員も動き出したわね」

完全記憶能力を持っているインデックスの目は誤魔化せない。おそらく頻繁に服装や化粧を変える事で機械的な監視をかい潜りながら現場に浸透している隊員達が周囲を固め始めているのだ。テクノロジーを使うのは善玉だけとは限らない以上、気づかれないよう包囲するのも大変になってきた。

この複合ビルは間違いなく根丘則斗の城だが、彼一人の不動産ではない。低層のモール、中層のオフィス、高層のマンションでそれぞれ多くの一般人が行き来している以上、最上階ギリギリまでは誰でも肉薄する事ができる。

そして分厚い扉や何重ものセキュリティがエレベーターを固めていたって、一つ下の階から天井を抜いてしまえば根丘則斗を落っことす事ができる。警備員達も馬鹿正直に真正面から突撃など仕掛けないだろう。

「俺達はどうする？」

「下から上がっていく正攻法は警備員に任せましょう。同じ道をなぞってもあんまり効果はないと思う」

美琴は真上を指差して、

「根丘が逃げるとしたら屋上のＶＴＯＬ機よ。だったら屋上を先に制圧できれば風向きは大分変わってくるはず。磁力を使って壁を登れば誰にも気づかれないわ。だから、」

直後だった。

ドゴゥワッッッ!!!!!! と。

指差した先、複合ビルの最上階の全部の窓から激しい爆炎が噴き出した。


息が詰まる。

何が起きたか理解できなかった。

そして定義のできない何かによって、上条は自分の頭が空白で埋め尽くされそうになる。まるでコンピュータが破損ファイルを無理矢理読み込もうとしたように。予想外が上条当麻の心を暴力的に貪り、呑み込み、生存不能な水の底まで引っ張り込もうとしてくる。

根丘則斗。

まだ直接顔を合わせる前から『片鱗』を見せてきた。舞殿星見とは違う、おそらくこいつは波を作る側の人間だ。上条がなけなしの勇気と意地をかき集めたところで、子供の作った小さな波など上から潰しにかかってくる。いとも容易く、あっさりと。

だが、

「な……」

「固まってる場合か、御坂!!　ガラスの雨が来るッ!!」

　ここは無理にでも、搾り出す。

　たとえ何が起きようとも、立ち止まり、心の歯車を固めてしまったらそこでおしまいだ。現実の時間は容赦なく過ぎ去り、遅れた分だけ致命的な結末を受け入れなくてはならなくなってしまう。

　だから。

　まるで言葉で頬を叩くようだった。

　間近で叫ばれた美琴が慌てて行動に出る。クリスマス装飾の巨大な長靴やプレゼントボックスなどのオブジェを磁力で無理矢理動かし、複合施設前の広場や大通りの真上を無理矢理に塞いでいく。そうでもしなければこの人混みの中、どれだけ血の海が広がっていったか分かったものではない。

　直接の被害はなかった。しかし雪だるまの着ぐるみが道端で派手に転び、キッチンカーで毒々しい色のドーナツを売っていたトナカイ少女はパニックからの二次被害を恐れたのか、慌ててガスの元栓を閉めている。混乱まではゼロにできない。

「なっ、何が起きたの……?」

　唖然としたままインデックスが呟いていた。

　上条は唇を噛む。まずい、という思いがあった。

舞殿星見の時と同じだ。派手な手品。ここで爆発が起きてしまうと、一筆書きで追跡するための道筋が途切れてしまう。

「根丘は警備員が自分の城まで来る事を予想していた……」

「自分の家に火を点けたって事⁉」

「それも警備員がやってくるタイミングでな。警備員側に被害ナシ、根丘側だけが家を燃やされて苦しい思いをしている、って事になったら？」

統括理事と話をした事なんかない。

だけどそのやり口は途切れ途切れに眺めてきた。

自分の手を汚したくない歪んだ潔癖症は、だからこそ安全に勝つため、常にえげつない『盾』を用意してきた。

そういう目線でこの状況を眺めてみれば、だ。

「ヤツはルールを盾にする。街の治安を守る人間にとっては、それが一番効果的だからだ。放っておいたら被害者と加害者の構造が丸ごとひっくり返るぞ。あいつが何もしてない警備員を指差して、十分な証拠もない不当捜査で強行突入された結果危うく殺されかけたとか叫んでみろ、どうなると思う？　何もしてない警備員が世間から袋叩きにされて捜査は中断、その間に好きなだけ動き回れる根丘は自分に不利な証拠を片っ端から消していくぞ！」

善人が確実にのし上がる方法は、別の善人を叩く事。

いるかどうか未知数な悪人を捜し回るのでは供給が追い着かない。

いかにも、であった。まだぶつかる前から強敵の悪辣ぶりが手に取るように分かる話だ。

「けっけど、舞殿星見は確かに警備員に引き渡した。あいつのスマートフォンだって立派な証拠になってる、だから警備員はきちんとした手順を踏んでここまでやってきたんでしょ!?」

「だから、その暗部から抜けた舞殿を潰すための時間を稼ぎたかったんだろ」

一秒も待たずに上条が即答すると、さしもの美琴も青い顔をして黙り込んだ。

根丘は一人で行動している訳ではない。舞殿クラスの戦力をいくつも抱えていて、それを事由に街へ解き放っている。今頃、御坂妹や打ち止めを預けた警備員詰め所の方でも何かが動いているだろう。あそこには第一位がいる。滅多な事では壁が破られる事はないだろうが、滅多な事が絶対起きないとは限らない。

『流れ』を持っていかれてはならない。

大人のパワーバランスの話は実感できないが、今日、ここで決着をつけなければ取り逃がす。そうなったら後は逆転不能だ。

(……考えろ)

歯噛みする。

混乱に呑まれてはならない。今ならまだ取り戻せるはずだ。

怖がるな。

思考の段階では自分から自由を狭める必要なんか何もない。ハリウッドスターでも謎の特殊部隊でも良い、とにかく縦横無尽に暴れ回る理想の自分で意見を並べろ。

飛躍の先に答えが眠っている事だってある。

特に、デタラメな話をテクノロジーで埋め合わせられる、この学園都市では。

(三文芝居でたまたま難を逃れた演出をするなら、それに見合った手順が必要になる。手品で言うなら脱出マジック。時間内に爆発する箱から抜け出すのは良いとして、全く関係ない場所にぼけっと突っ立っているだけじゃ観客は満足しないはず……)

「近くにいるぞ……」

「?」

「根丘則斗はこの辺りにいる!! 大勢の観客の前で指を差して警備員を糾弾するのが一番効果的だからだ。自作自演の傷だらけの体をさらして、それを最大の『盾』として攻撃的に突き付けて、お前達の不当な襲撃でこうなったってな!!」

だとすれば答えは出たようなものだ。

被害者と加害者の関係をひっくり返す。そういう風に印象を操って大衆を味方につけて捜査を攪乱するのが狙いだとしたら、無傷の警備員と血まみれの根丘則斗という構図が欲しいはずだ。つまり自分で自分の体を傷つける必要がある。……ただそれは、素人の目分量でやってしまって大丈夫なものか？ ついうっかりで大量出血なんて話になったら元も子もないし、うだろう。

警備員や医者などは傷を診るプロでもある。自分でつけた演技の傷なんて一発で見抜いてしま
となると今、根丘則斗が一番欲しいのは。

じくりと、今さらになって刃物で刺された脇腹の傷が自己主張を始めてきた。

今は専門的な知識はいらない。ただ実体験から得た考えに従えば良い。

そう、

「医療機関だ」

上条は呟いた。

怪我人を装うためにこれと同じ事をしろと言われても、上条にはできない。うっかりやり過ぎて太い血管や内臓を傷つけたら最後、その時点で致命傷まっしぐらなのだから。

怖いに決まっている。

プロの専門家を頼りたいに決まっている。

根丘は消防や防災のエキスパートらしいが、それは統括理事としての権限の話だ。警察庁長官や警視総監が最強の警察官ではないように、根丘自身にしっかりした技術があるかどうかは未知数。仮に確かな技術があったとして、その辺に転がっている汚れた縫い針や釣り糸で自分の傷口と立ち向かいたいなんて思わないはずだ。感染症の問題だってある。中途半端に知識を持っていれば脅えるし、その半端な部分を埋めるためには別の人手を借りるだろう。

だとしたら、

「自分の体に傷をつけるにしても、感染症の恐れのない清潔な環境で、きちんとした知識を持った医者の手を借りたいはず。絶対バレない安全な傷をつけるためにな。あそこは複合ビルだろ？　だったらクリニックとか、急病人の手当てをする医務室とか、あるいは……」

ビタリと、少年の意識が何かを見据える。

断言があった。

「あるいは最低でも救急箱!!　駐車場は地下か？　車のドアで指を挟んだりトランクに詰め込むはずだった荷物を足の指に落としたり、意外と細々した怪我も多い場所だ。消火器とかAEDみたいに専門のヤツが備えつけてあってもおかしくない！」

最後まで叫び終わる前に、上条は走り出していた。

殺菌消毒の面ではやや劣るが、元からある固定の施設職員を金で買収するよりも移動式で現場から消してしまえる携行式の方がのちのちアシはつきにくいのかもしれない。

下りのスロープを駆け下りて、コンクリートで固められたサッカーグラウンドよりも大きな空間に飛び込んでいく。

しかし、

「なっ、ないよ？」

インデックスがあちこち見回しながらそんな風に言った。

コンクリートの柱の根元には消火器が、側面にはＡＥＤを収めた金属ボックスが取り付けてあるのだが、

「救急箱なんてどこにもないけど。もう持っていっちゃったのかな？」

「……、」

読みを間違えた？

信じられないくらいの金持ちなら主治医くらいいつも隣に引き連れているかもしれないし、あるいは統括理事は上条達が思っている以上に追い詰められていて、自分の手で闇雲に傷をつける可能性もゼロとは言えない。

ただ、美琴は真上を見上げてこう呟いていた。

「救急箱じゃないかもしれない」

「何だって？」

「屋上はヘリ空母みたいになってるって言ったでしょ！　だったらドクターヘリくらい停められるはずよ。モノによっては普通の医務室より装備は充実してるわ!!」

最初に最上階フロアをくまなく爆破したのはどうして？

エレベーターの滑車を破壊して使用不能にする事で、警備員の現場到着を遅らせるため。その間にドクターヘリを使って適切に傷をつけ、ヘリそのものは現場から遠ざける。もちろん空港の管制データなどはいじくる形でだ。荒唐無稽なように聞こえるかもしれないが、実際に舞

殿星見の時だってあれだけ派手にやっていながら、自分が捕まる可能性を考えていなかったのだ。絶対に『その技術』はある。そして七〇階分もの階段を駆け上がってへとへとになった警備員を指差して、根丘則斗は血まみれのままこう言えば良い。

なんて事をしてくれたんだ。

お前達のせいでこの大怪我だ、と。

「……考えたものだけど、まだ足りない」

美琴は呟いて、地下駐車場にあったエレベーターの扉を強引に蹴破った。

いくらボタンを押しても今のままでは永遠にやってこないが、そんな事は関係ない。彼女はエレベーターシャフト、天高くに開いた地獄の口を見上げて好戦的に笑ったのだ。

「学園都市を舐めているのかしら？　その程度の壁ならブチ破れる!!」

そう。

彼女は学園都市第三位の超能力者、超電磁砲。副次的な磁力を使うだけで、高層ビルの壁に張り付くほどの力を発揮するのだから。

12

一息だった。

鉄筋コンクリートの壁よりも、四方を太い鉄骨で囲まれたエレベーターシャフトの方がかえって磁力を使いやすかったのかもしれない。幸い、ワイヤーが千切れて落ちたはずのかごが邪魔する事もなかった。どうやら駐車場の下に、ボイラー室など別の施設があるらしい。

御坂美琴(みさかみこと)は上条(かみじょう)やインデックスを抱えたまま、まるでそういう乗り物であるかのように垂直に飛んだ。

都合七〇階建て。

実際にかかった時間は、一分もなかっただろう。

屋上側のエレベーターのドアは破壊する必要はなかった。自作自演の爆発のせいで、ギアボックスごと内側から外側へ大きくめくれ上がっていたからだった。

そこはヘリポート、で良かったのだろうか。

地下駐車場とほぼ同じ――つまりサッカーグラウンドに匹敵する――面積は灰色のアスファルトで固められ、素人目(しろうとめ)にはどんな意味があるのか推測も難しい白線があちこちに走っていた。美琴(みこと)はヘリ空母みたいになっている、と言っていたが、上条(かみじょう)の見た印象としてはほとんど滑走路だ。

複数のＶＴＯＬ機を抱えていると言っていたが、実際には屋上の縁に三機ほど、映画で見るような戦闘機が並んでいる。ただしその足元には四角く区切られた大きな白線の枠組みがあった。あれは空母などで見られる格納庫用のエレベーター、なのだろうか？

無人で動くと言っていたし、純粋な火力はもちろん怖い。

ただ上条達が真っ先に目を向けるべきは別にあった。

灰色の軍用品とは別に、純白に塗られた機体があったのだ。テレビの取材なんかで使う四人乗りではなく、もっと大きなヘリコプターが停めてある。サイズ感としては、四人乗りが乗用車ならこちらはワンボックスくらいの広さが確保してありそうだ。

ドクターヘリだった。

「御坂ッ!!」

「大事な証拠品よ、スマートに回収しましょ」

ばづんっ!!　というくぐもった音と共に、メインローターの根元から黒煙が噴き出した。どうやら回転数か何かをいじってエンジンを破損させたらしい。自力で飛べなければ、ヘリをここから消す事はできない。血まみれの医療機器が現場にそのままなら、統括理事の三文芝居は相当質が落ちる。

上条達は空母の飛行甲板のような屋上を横切って、白いヘリに向かう。

スライドドアは開いていた。

相手は笑って上条達を出迎えた。

「爆破の前に傷をつけておくべきだったかな。不発に終わった時に言い訳ができなくなるので、まず爆発を見届けたかったんだけど」

「アンタが根丘則斗だな」

「先生くらいはつけたらどうだ。一応これでも統括理事だぞ」

ストレッチャーに腰掛けて傍らの女医に手首を差し出したまま、男は顔を歪めて笑っていた。

胡散臭いほど小奇麗な顔写真はＳＮＳで見ていたはずだった。

変な加工や影武者なんかは……使っていなかったのか。

歳で言えば三〇に届くかどうか。実際に直接面と向かってみれば、大人は大人だが、校長先生や教頭先生というよりももっと身近な担任くらいの距離感だ。上等なスーツを纏ったその姿も、生まれた時から成功しか知らない青年実業家といった出で立ちだった。

……歪んだ潔癖症にはお似合いでもある。打ち止めや舞殿の件を知っているからだろうが、とても真正面から慈善やボランティアに没頭する人間とは思えない。

古い時代の権力者、と言っていたのは美琴だったはず。

あるいはすでに失われたものに憧れているクチかも、と。

苦労を知らない世代。

老人達が口々に言っていた言葉の意味が、どこかのタイミングで途絶えてしまった。そんな、のちの時代の権力者。

パリッ、という紫電の弾ける音があった。

御坂美琴の前髪から高圧電流の火花が散っているのだ。

「ともあれ、下手な傷をつけられる前で良かったわ。これでチェックメイトっていうのは自覚してんのよね？　たとえ本物の警備員の装備を裏から調達して部屋を爆破していたとしたって、このドクターヘリを押収されたら自作自演の疑惑を拭えなくなるわよ。爆破の前から何故か屋上に待機させていたドクターヘリを使って応急手当てをしていたなんて、どんなに記者会見の原稿を調整したって苦し過ぎるでしょ」

「だろうな」

鼻で笑っていた。

「これで君達を殺さなくてはならない理由ができてしまった。下手に覗き込まなければ、こんな目に遭わずに済んだというのに。……まあ、子供の死を押し付けた方が暇な民衆を動かしやすくはあるけど」

「どうやって？　こっちは一応第三位よ。真正面から鉛弾撃ち込まれた程度でどうにかなるなんて思っていないわよね」

質問に、むしろ根丘はキョトンとしていた。

ストレッチャーに腰掛けたまま彼は首を傾げて、そして言った。

「例えば、こう」

グァバッッッ!!!!!!　と。

恐るべき爆発がもう一度、今度は御坂美琴目がけてピンポイントで襲いかかった。

とっさの事で、美琴は反応できなかったはずだ。

インデックスが慌ててその腕を両手で引っ張り、上条が右の掌を大きく突き出していなければ、ここで少女の肉体は原形も留めずに吹き飛ばされていたかもしれない。

しかし、何だ？

今のは何だ!?

武器らしいものは何も持っていなかった。それでも確かに現象は起きた。

「ッ、下がって!!」

今度の今度こそ。

御坂美琴は右手の親指にゲームセンターのコインを乗せた。

超電磁砲。

学園都市でも七人しかいない超能力者、その第三位の代名詞。絶大なローレンツ力を利用して音速の三倍で金属塊を射出するそれを生身の人間に直撃させれば何が起きるかは明白だが、そんな前提さえ少女の頭から飛んでいたのかもしれない。目の前にいるのは、それほどまでに危険な相手であると。

間違ってはいなかっただろう。

それでもまだ足りない、という程度の問題さえ発生していなければ。

「AuとCuの間、すなわち経路14に架空の端子を設けよ」

キィン!! と。

甲高い耳鳴りと共に、世、界、が、ブ、レ、た。

一二人のエリートたる統括理事、躊躇いのない分だけ彼の方が一瞬だけ早かった。

わずか一言、

「フ、ォ、イ、ア、エ、ル」

キュガッッッ!!!!!! と。

今度こそ。

今度の今度こそ、音よりも早く飛来した何かが御坂美琴の魂を打ちのめした。

消失したのだ。

一体、音声認識で何を実行したのか。親指の上に乗せ、まさに今絶大な火力となるはずだったゲームセンターのコインが……莫大な何かを受けてオレンジ色に溶けたのだ。

飛来した『何か』は美琴の頬のすぐ横を突き抜け、空間を焼き焦がしていた。

『何が』飛来したのかは、傍で見ていたはずの上条にも捉えられなかった。

（……何が）

根丘は。

根丘則斗は、まだストレッチャーから腰を浮かしてすらいないのに。

（一体何が起こったんだッ!?　統括理事は、少数で学園都市を管理する『大人達の枠組み』は、こんなレベルで俺達の頭を押さえ付けるテクノロジーを隠し持っているっていうのか!?）

「さて」

ストレッチャーから影がゆっくりと立ち上がる。今度の今度こそ。手首の高級そうな腕時計を外して傍らに預け、女医から受け取ったジャケットに腕を通していく。

誰も。

何もできなかった。

一歩、怪物が気軽にドクターヘリから降りてくる。

音声一つで見えざる何かを掌握し、不可侵の何かを引きずり回し。子供の理論を振りかざす未熟な上条達(かみじょうたち)がその暴力によって鼻っ柱を折られるまで、そちらのルールで遊びに付き合ってやると言わんばかりに。

科学が。

この男の科学が、見えない。

「……何をした？」

右手を構えたまま、上条は呆気に取られていた。

正体不明の攻撃もそうだが、先ほどの一発に関しては上条の掌で打ち消してしまえた。つまり、それが何であれ、根丘則斗が使っているのは異能の力だ。

舞殿星見はあれだけの力を持っていながら、何故闇の中でもがいていたのか。

分かってきた気がした。少なくとも根丘則斗は、飼い犬に手を噛まれる程度の実力の持ち主ではない。こいつなら力業で超能力者の頭を押さえ付けて鎖で繋ぐ事すら可能なはずだ！

若き統括理事は肩をすくめて、

「自分は平気な顔して殴りかかってくるのに、こちらには一切抵抗をするなって？」

「アンタ一体何をした⁉　学園都市の超能力開発は、子供の生徒にしか効果がないはずだろうが‼」

学園都市の怪物は、大きく分けて二つに分類される。

一つ目は一方通行や御坂美琴のような高い能力を自在に振りかざす子供達。

二つ目は外の世界より三〇年以上進んでいると言われる科学技術を軍事転用した次世代兵器で身を固めた大人達。

だがこいつは違う。根丘則斗はそのどちらでもない⁉

「簡単な話だよ」

両腕を緩く広げて、むしろ相対する敵を歓迎するような格好で根丘は囁く。

そう、

「フォイアエル。AuとCuの間、すなわち経路14に架空の端子を設けよ」

「ッ⁉」

轟‼ と虚空から生み出された莫大な炎がその右手で渦を巻いて集約される。

能力、

「……じゃないッ⁉」

「ヴァッサエル。HgとAgの間、すなわち経路20に架空の端子を設けよ」

今度は左手。一体どれほどの水を凝縮して圧力を高めているのか、ぎぢぎぢみぢみぢと古いロープが軋むような音すら響かせて、水の塊が掌の辺りに集まっていく。

まずい。

何だか知らないが、あれはまずい‼

そして根丘則斗は気軽に動いた。右と左。双方の手を胸の前で軽く合わせたのだ。まるで聴衆の注目を集めるため、一回だけ掌を叩くように。

宣告があった。

「両者は異なるが本質においては等号である。すなわちここに新たな解を導くための合成を実行せよ」

それだけで。

恐るべき水蒸気爆発が炸裂し、三秒で鶏肉を真っ白に茹でる蒸気が屋上一帯を埋め尽くす。

屋上の縁に停めてあったVTOL戦闘機がギシギシと軋んだ音を立て、ついさっきまで根丘自身が乗り込んでいたドクターヘリが衝撃に耐えられずに横転していく。おそらくは一〇〇度の壁など数倍単位でとっくに超えている。生身の人間が準備もなく接触すれば、スチームオーブンに生きたまま放り込まれるのと同じ目に遭う。

「ヴィントエル。PbとFeの間、すなわち経路8に架空の端子を設けよ」

清浄な風が渦を巻き、爆発を生み出した根丘則斗だけが涼しい顔をしてその場に立っていた。

いいや、

「……なるほど。これが聞きしに勝る幻想殺しか」

「ッ!!」

二人の少女達を守るように右手をかざしながら、上条は歯噛みしていた。

規格外だ。

大人が能力を使っているだけでもルール違反なのに、さらに火、水、風と系統の違う超常現象を立て続けに振りかざしてきた。能力は一人に一つが基本にして絶対。ならヤツはその枷も『ついで』に破って、理論上不可能とされた多重能力にでも目覚めているとでも言うのか⁉

あまりにも絶大な力を、自らの音声認識で切り分けてでもッ!!

「そんなに驚くような話かな」

あっさりと、だった。

踏み越えた者は小さく笑って囁く。

「ただの最小衝突理論だよ」

「っ？」

「例えば窒素原子に強いアルファ線を当てれば陽子の数が崩れる。結果として生じるのは水素と酸素、まったく別個の元素だ。目に見える現象を操る程度、わざわざ『自分だけの現実』に頼るまでもないんだよ」

ならこれは科学の産物なのか。

まだ、範疇から出ていない？

上条の頭はいよいよ混乱していくが、

「世界はいかに複雑であっても、切り詰めて考えていけば簡略化される。素粒子がいくつかの粒でしかないように。光が波と粒子の二局面しかないように。私はただ、その切り取り方を変える事で万物の組成から違った面を取り出しているに過ぎない。最小衝突理論を使ってな」

（いいや……）

説明ができているようで、できていない。

窒素の話と先ほど見た現象が、繋がっていないのだ。無理に大きな箱の中に詰め込んではいるが、この分別方法は果たして本当に合っているのか？

何か、別のものを間違った箱に詰め込んではいないだろうか。

そもそも学園都市の超能力は目の前の光景に対し『自分の頭にしかない価値観』を通す事で、無理矢理に現実をズラす観測技術だ。

一見すれば何でもアリのように聞こえるが、フィルターは一つだけ。だから火を操る能力者に水のフィルターはないし、水を操る能力者に風のフィルターはない。無理して二つを同時に揃えようとすれば、どっちつかずになって『ズレ』の幅は小さくなってしまい、まともな能力は発現しなくなる。

そんな、音声認識如きで一回一回とっかえひっかえできるようなものではないのだ。三つ子の魂百までと言うように、『自分だけの現実』はいつまでもついて回る。心を持つ当人さえも掌握できず、伸び悩む子供達だって多い。たとえ精神系最強の第五位だって、ここを自由に付け替える事はできないだろう。もしそうなら、彼女はもっと別の異名で呼ばれているはずだ。何しろそれに成功した時点で精神系一つにこだわる必要がなくなるのだから。

つまり、

「……お前は、『自分だけの現実』を使っていない？」

「何度もそう言っている」

「そういう意味じゃなくてっ！　お前が自分で作った『箱』の話はどうでも良い‼」

箱は明らかに間違えている。

でもその箱に入っているのは……超能力でも、ない？

子供にしか使えないはずの超常を、大人が自由に使っている。一人に一つしか使えないはずの縛りも無視して、あらゆる系統を自在に振り回している。

では、なかったのか。

そもそも学園都市製の超能力ではなかった。だとすれば大人だの複数系統だのの制約は確かになくなる。だが、だとすれば。元素を切り分けて火や水を望み通りに操るという考え方は。

最小衝突理論。

そんな間違ったラベルの箱に突っ込んでしまったモノの正体は。

「すい、へー、りー、べー」

声があった。ここまで状況が入り組めば、門外漢となってしまうはずの少女。白いシスター。

それもまた、街に流れる雑多な何かを聞き取ってしまっただけか。

だが、

「Au、Cu、Hg、Ag、Pb、Fe……」

そんな些細なところからでも、結合する。

あらゆる魔道書を網羅した少女の叡智と。

「金は太陽、銅は金星、水銀は水星、銀は月。ううん、これは金属を操るプロセスじゃない。六、七、八、九、三、五。一〇のセフィラに当てはめて、それらを結ぶ二二のチャネルに触れ、樹の操作に挑んでいる……？」

頭が空白で埋まるかと思った。

でも、確かに。

それなら、数々の異常事態に納得がいくのだ。大人であるはずの根丘が超常現象を振りかざしているのも、学園都市の序列を無視して御坂美琴を圧倒しているのも。

ただ、分かっていても禁忌のはずだ。

この街に暮らす人間が、それに触れて良いはずがない。

上条には見えないところで、そういうルールが敷いてあったはずだ。ただし取り決めを作っていたアレイスター＝クロウリーもローラ＝スチュアートも、今となってはいなくなってしまったが。

まさか。

まさか。

まさか。

「お前、魔術を使っていたのか⁉」

13

状況は最悪だった。

だけど上条当麻にも退けない理由があった。

ここに来る前。

確かに交わした言葉があったのだ。


『……あのね、ミサカのお話を聞いてくれる？』


荒唐無稽な話だった。

現実として目の前にクローン人間の少女がいる。彼女達が関わった、二万人もの生命が殺されようとしていた『実験』を知って憤り、命懸けで食い止めた事も。それでも上条当麻にとって、学園都市の『暗部』とはわずかに片鱗を覗き込む程度のものであり、具体的な実感の伴う世界の話ではなかった。

それを、潰す。

全部なくすと言われても。

『ミサカのお願いを聞いてくれる？』

しかし本当の意味で重要なのは、実はそこではなかったのかもしれない。

さらわれて、意識を失い、手足にはまざまざと拘束時につけられた青あざを残す一人の少女。

そんな打ち止め(ラストオーダー)が自分の肌をさすり、脅(おび)え、泣き喚くよりも先にこう言ったのだ。

だから、ここに二択は必要ない。

選択肢は一つあれば良い。

『あの人を助けるために戦ってくれる？　ってミサカはミサカはお願いしてみる！』

何が救いになるかなんて、上条(かみじょう)には分からない。

ここで一二人しかいないクソ野郎、統括理事に勝ったとしたって、一方通行(アクセラレータ)は自分の意思で鉄格子(てつごうし)の中に入るだけだ。控えめに言って、それは正しいかもしれないけど幸せな人生ではないはずだ。もしも一人でも本気で止める人がいたならば、そういった選択はしなくても良いのではないか。上条(かみじょう)はそんな風にさえ思ってしまう。

けど。

だけど。

答えが分からないのなら安易に否定してもならないと彼は思っていた。これは一人の人間が自分で見つけ出した道であって、その小さな芽は簡単に潰してはならないと。あるいは誰かが引き止めればそこで思い止まったかもしれない。だけど止めてしまう事で、寸断されてしまう未来もある。

簡単な道には進まないという覚悟は受け取った。

ならば例外はナシだ。

上条とインデックスには彼らの道があるように、一方通行と打ち止めにだって彼らの道があるのだろうから。

それに、簡単ではないだろうが難しく考える必要もない。

ただ目の前に天秤を一つ置いてみれば良い。

ここで一回だけ勇気を出して、残りの人生は胸を張って生きていくか。あるいは、ここで一回だけ安全を取って、残りの人生は背中を丸めて生きていくか。

どっちが良い？

決まっていた。

『その、まあ、何だ。うーん、じゃあこうしようぜ』

だから少年は笑って言った。
ここで笑える誰かになりたいと、そう思ったから。
『今から黒幕んトコ行って全部ぶっ潰してくるから、結果を待ってろ』
その口で言った約束を違えるな。
強大な権力に具体的な武力があれば、あらゆるルールを踏みつけにできる。
だけど本当に本物の人間の強さは、そんな所では決まらない。
今なら、繋げられる。
一人の人間が自分で決めた『道』を。ただの少年の意地一つで。

守り抜け。
学園都市第一位の超能力者(レベル5)、なおかつ新統括理事長。
一方通行(アクセラレータ)が紡(つむ)いだ、その夢を。

行間　四

学園都市には頂点の新統括理事長の下に、一二人の統括理事がいる。

それぞれ得意とする領分は違いつつも、常に他のメンバーの利権を奪えないものかと狙っている面々だ。そういった複雑な対立構造が新たな『武器』を求め、表から裏から様々な新技術の開発を促してきたという知られざる歴史もある。もちろんここで言う『武器』とは、単なる刃物や銃器だけに限らない。大人の世界でパワーバランスの奪い合いをしている老人達にとっては、正義や慈善だって使い捨ての弾丸でしかないのだから。

「……やれやれ。馬鹿が頭一個突出したようだけど」

暗がりで囁いたのは女子高生だった。

彼女は統括理事ではない。その一人、老人の下についているブレインだ。

「元レスキューの精鋭か。一体何がどうしてここまで歪んだかは知らないけど、見た目以上に動くだろうな、こいつ」

そういえば、一方通行が新統括理事長として横入りで就任してしまったから有耶無耶になっていたが、本来なら旧統括理事長アレイスター不在の中で『若造』がイニシアチブを奪おうとしていたらしい、という話は老人から耳にしていた。

強引な手に出たという事は、出ざるを得ない理由でも抱えていたのか。

レスキューはただでさえ過酷な職業だし、学園都市の場合は難易度が全く違う。薬品、細菌、電磁波、それ以上に得体の知れない次世代技術や、能力者自身の暴走まで。人口過密の大都市には、信じられないほど大量のリスクがちりばめられている。

もちろん、だ。これらの真実が表に出る事はない。まず第一に、学園都市は安心して子供を預けられる理想の街でなくては経営が成り立たないからだ。預けた子供が死んでも責任は負いませんと書いてしまっては客が集まらない。

知られざる現場に挑み続けてきた、一人の人間。

それがどうして金や政治の世界に迷い込み、多くの怪物を蹴落として一二しかない席の一つを独占し、多くの人を悲劇の奥底に沈める『暗部』へ執着するに至ったのか。これについては、同権限を持つ統括理事・貝積のコンピュータを使っても探り切れなかった。

さて、と女子高生は息を吐いて、

「ここで介入する場合としない場合でのメリット・デメリットはそれぞれレポートにまとめておいた。まあ、どちらも正解とは言い難いのはいつも通りといった感じだけど。何にせよ痛みを伴う選択になるから好きな方を選べ」

学園都市の『暗部』を一掃する。

そんな話にしたって、統括理事にとっては己の利害と照らし合わせるだけだ。もちろん、一二人で『暗部』に関わっていないVIPなど一人もいない。一番温厚で裏工作をしない親船最中と呼ばれる老婆だって、『暗部』全体については見て見ぬふりに留めてきたほどだ。しかし関わり方は個々で異なるため、一掃に際して受けるダメージが変わってくる、という見方もできる。

ダメージの少ない者は歓迎し、ダメージの大きな者は反対する。

『暗部』の一掃キャンペーン自体がどうなろうが関係ない。その大波、揺さぶりに乗じて自分以外の統括理事がどう噛みついてくるのか、というところしか見ていない。

そういう意味では、根丘則斗は大きかった。

あいつは『暗部』側に偏って多くの利権を貪り過ぎた。一掃をきっかけに経済基盤が破壊されれば、社会的な地位を守るための金のばらまきすらも難しくなるだろう。弱ったところに待っているのは、他の統括理事からの徹底的な攻撃だ。噛みつき、食い千切り、徹底的に貪る。

基本的に一二人の統括理事に仲間意識はない。

「内部にある一二の勢力だけで摑み合っているようじゃ、『暗部』一掃の流れを食い止められない」

初めから相当苦しい戦いだった。

根丘則斗側が状況を回復するとしたら、この手くらいしかないとは考えていた。机上の空論であって、本当に実行するほどの馬鹿とは思わなかったが。

「……とはいえ、まさか外部の組織と手を結ぶとはな。立派な外患誘致だけど。これ一体どうやって決着をつけるつもりなんだか」

根丘則斗は少女達にも把握のできていないテクノロジーを使っている。

だがそれは、彼が一人で独占しているものではない。

少し前から動きはあった。

クリスマスイヴとは面白いイベントが重なったものだと少女は考えていた。

彼女が身を投げている革張りソファの横にあるサイドテーブルには、濃い目のコーヒーと一緒にとある洋菓子が置かれていた。

「生年月日や血液型を基にラッキーカラーを決めてくれるカスタムドーナツ、ときたか」

普通に考えれば、こんな眉唾のオカルトが付け入る隙などなかったはずなのだ。

しかし現実に流行は発生している。

バレンタインにチョコレートを贈ろうといったような、あからさまな企業の介入などはないはずなのに、だ。それでも何かがねじ曲げられている。

基本的に無神論で全てを科学の方程式で解決しようとする学園都市だが、こんな日くらいはオカルトの存在が流入してしまっても不思議ではないかもしれない。

　このドーナツ自体に陰謀はない。

　これは言ってみれば人の心を測るリトマス試験紙のようなもの。

　こんな一芸の商品が凄まじい勢いで拡散していったのであれば、ありえる。この街で暮らす人々が、普通なら考えられないものに手を伸ばしてしまう可能性だって。

　人の心は流れる。

　例えば荘厳な宗教画や大聖堂を見上げた時に、例えば巨大隕石が降り注いでくるサマが目に見えて分かった時に。『目で見たものしか信じない』というのは防御反応としては二流であり、だったら目で見える形で見せてやればどんなオカルトにだって容易く心が傾くと教えて回っているに過ぎないのだ。

　つまり、

「……兵隊の現地調達もネット経由か。まったく嫌な時代になったけど」

　少女はノートパソコンと呼ぶにはあまりに大きな、画板サイズの特殊なコンピュータのキーを叩いていた。並のテレビくらいある大型液晶にはこう表示されていた。

「R&Cオカルティクス。魔術専門の新型巨大IT、ね」

第四章　異世界交流、その始点 "R&C OCCULTICS Co.Ltd."

1

本来、魔術とは世間から隠されて管理されるべき超常のはずだった。

しかしいくつかの大きな戦いを経て、それが難しくなってきたのも事実。

そこへ、新たな災厄がやってきた。

『気になるあの子との相性を知りたくはありませんか？　二人の氏名と生年月日、抱えているお悩みなどを投稿フォームに書き込んでいただければ、プロの占い師集団があなた方の運勢を正確に計算いたします』

現れたのはネットの上だった。

本社ビルがどこの国にあるのかは一切不明。

巨大ＩＴらしく固定の国籍を有しているのかどうかさえ曖昧ではあるが、そもそもこれだけ大規模な資本を持った企業が一体いつ現れたのか、誰にも説明すらできなかった。

『新居をお探しの中でお困りの方、土地や建物を診るという方法はいかがでしょう？　モデルルームの間取りさえお送りいただければプロの鑑定士が方位や地脈の流れから日々の暮らしに対して向き不向きを算出できます』

系統としては、占いサイトから始まったのだろう。

人の相談に乗る、という形で数多くの個人情報を収集する。しかも気になる相手との相性占いの場合は本人の同意もなく第三者のプライバシーまで集められるのだから、実に効率的だ。そしてアメーバのように広がっていくこの巨大企業の存在に、俗に魔術サイドと呼ばれる面々は無力だった。

何しろ経験がなかったのだ。

ここまで大々的に魔術が宣伝され、なおかつ相手の正体が全く見えないなどという事態は。

しかもインターネット環境を支配する科学サイド側は、この危機の正体を正しく把握する事ができない。銃器や毒物の製造サイトならともかくとして、占いサイトやオカルトグッズの通販程度で目くじらを立てる展開などありえない。

結果の野放し。

一秒一秒で増殖していくR&Cオカルティクスは、そうしている間にもあらゆる壁を無視して全世界へ矛先を向けていく。

『仮に悪い運勢であったとしても恐れる事はありません。適切な知識をもって対処すれば悪運は退ける事ができます。身近なハーブを使って悪い気を祓(はら)いましょう！　お花屋さんでも購入可能な植物を使ってコーヒーサイフォンで合成できる魔女の薬についての一覧は別ページにリンクしてあります』

例えば学園都市。

中と外、科学と魔術。そうした仕切りを無視してインターネットは襲いかかる。

今日一日で、どれだけの人が携帯電話やスマートフォンに触っていた？

表向きはにこやかに笑っていた待ち合わせの風景の中、しかし実際に小さな画面で表示されていたのは何だった？

『ｔｉｐｓ、簡単な二択問題を一〇回連続で答えるとあら不思議。ＡＩフォームが正確にあなたのお悩みを見抜いて今必要な魔女薬を割り出してくれますよ。合成の参考にしましょう！』

元々超常が根付いていて、力の格差が目に見える形で表に出ている特殊な環境だった。力のない能力者はもちろんの事、コンプレックスを持っているのは大人だってそうだ。生徒が八割で大人は二割。しかも子供達は、明らかに『ただの大人』よりも強大な能力を有している。誰も彼もがその環境に納得しているとは限らない。

もしも、自分に力があったら。

そんな風に思っている人間がR&Cオカルティクスに……魔術という言葉に触れてしまったらどうなるか。

『魔術は決して難しいものではありません。第三世代、彩色機能付きの3Dプリンタがあれば四属性の象徴武器(シンボリックウエポン)を中心とした霊装はクリック一つで簡単に自作できます。詳しい商品一覧と機種ごとの図面データはこちら！』

情報に触れた者は数多くいるだろう。

その内の何人が実際に手を動かしてしまったかまでは、統計が取れていない。

『軸となる呼吸や瞑想(めいそう)は一日一〇分間の簡単なトレーニングで習得可能です。段階に応じたレクチャー動画は全て無料！　まずはここからご視聴いただいて、本当に必要だと思った教材のご購入を改めてご検討されてみるのはいかがでしょう？』

だが『すでに普通の人からズレた』学園都市製の能力者が『全く別の、未知の系統の超常』に触れてしまった場合、激しい誤作動や副作用に襲われる事は容易に想像がつく。その容易な部分にまで頭が回らなかった者は、自室で血まみれになっているかもしれない。

そして、大人の場合は？

あくまでも『普通の人』でしかない人間が初めて自分でも使える超常に触れてしまったらどうなるか。

『もしも不満があるのなら、その人生をご自身の手で変えてはみませんか？』

正真正銘のカオスが始まろうとしていた。

魔術と科学という壁は、学園都市の外と中で明確に区切られるのではない。

大人と子供。

一つの街の中で、マーブル模様のような対立構造が生まれようとしているのだ。

顔も見えない。

どこで笑っているかも分からない、誰かの思惑によって。

『世の理不尽に対しては、理不尽でもって対処する。R&Cオカルティクスは皆様に眉唾ではない正しい魔術を提供する事で、より良い人生の確実なサポートをさせていただきます!!』

2

ぼひゅっ、と炎が酸素を呑み込む音があった。

「フォイアエル、Auと Cuの間、すなわち経路14に架空の端子を設けよ!!」

「ッ、野郎!?」

投げ込むような炎の塊を上条は右手で吹き散らすが、当然ながら統括理事・根丘則斗の武器はそれだけではない。

「チッ!!」

舌打ちした美琴が手をかざしたのは、根丘本人ではなかった。

離れた場所に停めてあったVTOL戦闘機に干渉すると、専用の牽引車もないのに主力のフラップとジェットエンジンを使って無理矢理機首を曲げたのだ。そのまま搭載されていた二〇ミリの機関砲を横薙ぎにばら撒いていく。

だがやはり、上等なスーツを着込んだ男は眉一つ動かさない。

「エ、ア、デ、エ、ル、Snと Feの間、すなわち経路9に架空の端子を設けよ!!」

空母の飛行甲板のようだった真っ平らな地面がいきなり不自然に盛り上がり、分厚い岩の盾を作り出す。

これで火、水、風、土。

「まるでテレビゲームみたいな使い勝手の良さだな!!」

「四つに留まるとでも？　シ、ュ、メ、ッ、タ、ー、リ、ン、グ、エ、ル、Auと Hgの間、すなわち経路16に架空の端子を設けよ」

いきなり虚空から大量に現れたのは、光り輝く蝶の群れだった。これまでと違って攻撃手段が読めない。その羽が剃刀のように鋭いのか、毒の鱗粉でもばら撒くのか、あるいは羽の模様でこちらの目を攪乱して昏倒させるのか。

大量の群れは濁流のように形を変えると一度美琴に制御を乗っ取られたＶＴＯＬ機に向かい、丸ごと呑み込んでいった。見る間にぐずぐずに錆びて腐って形を失い大爆発を巻き起こす。それはそのまま、大きく迂回する格好で再び上条達へと飛び込んでくる。

どんな効果があるか。

詳細まで分析する必要はない。美琴は立て続けに前髪から『雷撃の槍』を解き放ち、何故か不自然にすり抜けて効果がない事を確認するとスカートのポケットからゲームセンターのコインを取り出した。

その正体が何であれ、戦闘機を蝕んで破壊したという事は金属に干渉するはず。

そして親指で弾いただけで、音速の三倍もの勢いで空気を焼いて直線的にすべてを破壊し尽くす『超電磁砲』が解き放たれた。光の濁流と化した蝶の群れをまとめて吹き散らし、虚空へ消し去っていく。

それにしても、

「……どうやって」

ごくりと喉を鳴らして。

戦慄するまま、上条は思わず叫んでいた。

「どうやって手に入れた⁉　こんなモノ‼」

「意外とアンテナが弱いな高校生。今じゃどこからでもアクセスできるよ。とはいえ、クラックサーバーを使った並列大量書き込みで日本語版の最先端ワードに表示されるよう多少背中を押してやったのは私なんだけどな」

ぎょっとした。

言葉の端々にちりばめられている用語は、素人の上条でも分かるものだ。

「もはやこれくらい、いいいいいい、誰でもできる」

「嘘だ……」

まさか。

古代の図書館とか遺跡の奥深くとか、そういう話とは違う。

「そういう風に、流れは変わったんだよ」

「冗談じゃない!!　そんなの嘘だ!!」

道端に銀行の通帳を放り出しておくどころじゃない。そんな誰でも見られる場所で無造作に置いてあるとでも言うのか!?

「普段は自由に泳がせて『次の波』へ自動投資するアルゴリズムが面白い前兆を掘り当てたが、私が一人で独占してしまうとすぐにアシがつきそうだったんだ。なので、いっそ大量にばら撒いて迷彩を仕込む事にした。ほら、物騒な拳銃を海の外から取り寄せて使うよりも一〇〇均で大量に売られている包丁を選んだ方が『安全』なのと同じ理屈だよ。普及というのはそれだけで追跡者を攪乱する」

インデックスは別の所に注目していた。

というより、もしも根丘則斗が本当に魔術を使っているのであれば、上条当麻よりも御坂美琴よりも、ここは彼女が本道だ。

「……出エジプト記？」

一〇万三〇〇〇冊以上の魔道書を完全記憶した魔道書図書館、禁書目録。

彼女の口が全てを暴く。

「ううん、聖化発声どころじゃない。適当なドイツ語の末尾にｅｌをつけるだけで、その場その場で適当な天使を作っているっていうの⁉」

「最小衝突理論とでも呼んでくれ」

「そんなのっ‼」

「そういう集中法があるのか、実際にオカルトとやらが機能するのかはあまり興味がない。ようは、現実に使える技術が手元にあればそれで良い。この状況の打開に使えるならば」

迷いがなかった。

学園都市の能力者だって、暴走の可能性くらいは常に頭の片隅でちらついているだろうに。『力』との付き合い方が確立していない証拠だ。脅えがないのは赤ん坊と同じで、まだ熱したやかんに一度も触れた事がないからだろう。

そうなったら最後。

痛い目を見る、程度では済まされない事まで想像は及んでいないのか。

「ふざけた手法だとは私も思う。しかし実際、歴史が証明しているらしいな。神の子を無視して天使崇拝が過熱していた時代には、聖書に一度も登場した事のない天使が人の手で粗製濫造されていたらしい。歯止めを掛けたのは教皇ザカリアス辺りという話だとか」

ジャココン‼　というバネ仕掛けのような音が響き渡った。

「なに、あれ……？」

御坂美琴が、悪夢でも見るような声で呻いていた。

左右の袖から飛び出したのは、暗殺用拳銃に近い。注意しなければ掌にすっぽり収まって見逃してしまうほど小さな、二つの銃身を持ったカードサイズの拳銃。霊装と呼ばれる魔術の道具。鋼の銃身の代わりにあるのは真空管にも似たガラス容器であり、その中には人差し指にも満たない小柄な少女が左右二つずつ、計四人も封入されていた。

頭の上に光輪を戴く神秘の少女達が。

超常を操る二丁拳銃。

先にインスピレーションを与えたのは舞殿星見だったのか。それとも彼女にそういう制御法を教えたのが統括理事の根丘則斗だったのか。

「リヒトエル、い、い、PbとAuの間、すなわち経路7に架空の端子を設けよ」

囁いた途端、ガラス容器の一つが明確に変化した。密閉空間の中に佇む少女の髪や衣服、そして何より頭上の輪が、男の声に応じて変化したのだ。

輝くような、白の光へと。

「っ、来るよとうま!!」

「襲いかかる光を目で見て対処できるならやってみろ」

笑って。

真空管の少女が、ほどけた。

莫大（ばくだい）な光の塊となって、透明な銃口から解き放たれる。

ガラス管の外、外気に触れると同時だった。


そのまま真正面から、壮絶な一撃が突っ込んできた。

3

根丘則斗（ねおかのりと）は学園都市の統括理事だ。

そのくせ科学サイドの中では勝てないと早々に見切りをつけた彼が手に取ったのは、よりにもよって外の世界にあった魔術。

まったくひどい反則だ。

であるならば。

こちらがヤツの知らない反則に手を伸ばしたとしても、文句なんか言わせない。


「オ、テ、ィ、ヌ、ス、!!」

「呼、ぶ、の、が、遅、い、ぞ、人、間、」

　ひょっこりと上条(かみじょう)の上着の中から現れたのは、わずか身長一五センチほどの金髪少女だった。

魔女のような黒い帽子に、特徴的な眼帯。体を覆うような分厚いマントを羽織ってはいるが、その割に下は水着のように肌が多い。

　北欧の神。

　ダウンサイジングはしているが。

　彼女は少年の右肩に腰掛けると、そのまま細い脚で少年の肩を蹴る。

　それでわずかに刺激され、構えた右手がブレた。

　結果。

　弾道ミサイルすら正確に撃ち落とす、艦載クラスの閃光兵器を掌が正確に捉える。どんなものであっても魔術は魔術。彼の幻想殺し(イマジンブレイカー)が触れる事さえできれば、その一切は瞬時に打ち消されてしまう。

「っ」

　根丘(ねおか)が何かしら指先で操作すると、主を失った真空管に再び滑らかな曲線の塊が生じた。どんな色にでも染まる、少女の形をした何かが。

「足りないな、インスピレーションが」

　吐き捨てるように、尊大に腕を組んで小さな少女は言い捨てた。

「せっかくの超常を自在に振り回せるというのに、やっているのは機械製品で作り出せる艦載兵器と全く同じとは。貴様の魔術が泣いているぞ。とはいえ、胸に魔法名すら刻んでいないのでは泣くモノさえ存在しないのかもしれないが」

「エクスプロジオエル、FeとAuの間、すなわち経路12に架空の端子を設けよ」

「それフォイアエルとどう違うんだ？」

もはや、半ば呆れたようだった。

しかし根丘の狙いは上条達ではなかったようだ。赤の塊と化した少女が空気中に解き放たれ、足元の無関係な大地に向かって撃ち込まれた途端、激しい爆発が巻き起こった。

事実として、オティヌスは眉一つ動かさなかった。

「聖化発声の安易な応用。手触りを知る事のできる身近な金属を用いて不可視のセフィラを想起し、樹を構成する球体と球体を結ぶ径にキツツキよろしく余計な『巣』を埋め込んで世界のルールを改ざんする。セフィラは天使が守るモノだから、架空の天使を作れば架空の球体を作れるという逆流でも夢想したか。なるほど結構、いかにも矮小な人が己の身の丈に合わせて思いつきそうな術式だ。……本来ならば際限なく広げられる己の想像すら金属だの元素だの現実の枠に収めたがる、堅実でつまらん魔術だが」

炎と煙で上条当麻が視界を塞がれる中、だ。

ぐらりと重力がブレる。

「オティヌスっ、エクスプ何だっけ？　ありゃ何だ!?」

「爆発。これについては英語のエクスプロージョンとほぼ変わらんだろ落第生」

「まだ留年って決まった訳じゃねえーし!!」

てっきり重力関係の魔術かと思ったが、そういう訳ではないらしい。

ヘリ空母の飛行甲板のようだった屋上の構造体そのものが爆発に耐えられず、砕けたか傾いたかしたようだ。

煙の向こうから見知った少女達の声があった。

しかし合流は叶わない。

『とうまっ』

『馬鹿、アンタ落ちたいの!?』

というか、耐えられそうにない。

急激に角度をつけていく足場に耐えられず、滑り台のように上条の体が滑っていく。両手でしがみつけるようなものもない。

「くそっ!!」

「意外と慎重派だな、馬鹿げた黒幕。不確定要素の排除が第一。そのために、魔道書図書館なり学園都市製の超能力者なりと私達を切り離しにくるとは」

肩の上のオティヌスは気軽に言っていた。

滑り落ちたと思ったが、幸い、いきなり高層ビルの屋上から空中へ投げ出される事はなかった。すぐ下の最上階から外側へ大きくせり出した庭園に転がり落ちたのだ。前もって根丘が爆破していたため、テニスコートよりも広いこちらの空間も原形を留めていなかった。場合によってはここも崩れるかもしれない。

そしてもう一つの影。

根丘則斗もまた、上の屋上から滑り落ちてくる。

「何だ、それは?」

こればかりは、純粋な疑問のようだった。

統括理事にして魔術師。反則技の塊のような根丘則斗が、理解不能なモノと遭遇したのだ。

だからこそ、他と切り離してでも集中的に早期撃破を狙ってきた。

油断なく左右の暗殺拳銃を構えながら、根丘はガラスの銃身に装填されている小さな少女達へ目を向けていた。

「私はそんなもの知らない。フラスコに仕込んだフィラメントとも違うようだ」

「これだ、聞きかじりで魔術を振りかざす馬鹿者は」

心底呆れ返ったようにオティヌスは息を吐く。

「まさか魔術の世界に一歩でも踏み込んでおきながら、その最終到達地点である『魔神』すら知らんとは。ああ、ああ。ここで詳しい話なんぞしてやらんぞ、この神を知りたければ各々勝手に膨大な歴史を振り返るがよい」

「オティヌス。今すぐあのクソ野郎を殴り倒したい、そのためにはお前の力を借りたい」

「当たり前だ、この程度の小物を仕留められんようでは神の『理解者』など務まるか、人間」

そっと吐き捨てるが、魔女のような帽子に隠された目元はどこか楽しげであった。

そして彼女の分析はインデックスとは似て非なる。

どこか攻撃的で、相手の尊厳を削り落とす害意に満ちているのだ。

「ヤツの使う魔術にオリジナリティはない。結局は『黄金』辺りの使い古しなんだよ。世界最大の魔術結社では、無色透明で形のない『天使の力（テレズマ）』を効率的に操り目的に応じて使うために七二の天使の名前を自作して切り分けた。ここで使われたのが出エジプト記、いわゆる旧約聖書の一節だ。彼ら夜明け前の魔術師はこの出エジプト記から目的にあった文字列を取り出し、その末尾にｅｌやｙａｈなどをつけて仮初めの天使を切り出していた訳だ。一二宮の天使だの大天使だので普段耳にする事のない名前がバカスカ出てくるのはこのためだな。ここにおわします馬鹿者の術式は、さらにそこからの亜流に過ぎん。そもそも天使名は高度な計算を踏まえて取り出し文字列全体から意味を見出すものだ。ただ単語の端を加工した程度でそのままの効果など出るものか」

「実際に出力を保てるなら何でも良い。私は形式にはこだわらない」

「それで一九世紀のヘルメス学でもかじったつもりか、無学め。あれは西側の思想を軸に世界中の神話や宗教を統合された一つの理論での説明を試みるといった主旨の学問であり、理解の及ばぬ言葉や数字は何でもかんでも自分好みの理屈でこじつけられるといった暴論ではない。そもそも神がこうして独立した存在として立っている以上、ヘルメス学だけで世界の全てを説明するのも無理があるしな。それとも貴様はローマ人が勝手に描いたヨーロッパ以外は全部歪みまくった世界地図でも拝み続けるつもりか？　魔術は常に進歩するものだというのに」

「シュ、ナ、イ、デ、エ

「遅い」

会話の途中だった。

パキンッ‼　という甲高い破壊音が響き渡った。

不意打ちで統括理事が左の銃を使ったはずだが、オティヌスは脚を組んだまま、その小さなカカトで上条の肩を叩いて刺激しただけだった。それだけで再び右手がわずかにブレ、何が起きたかも分からないまま上条は鋼の刃を砕いている。

まず鉛色の少女が真空管から外へ首を出した直後、自らバラバラに砕け散って大量の剃刀刃に変じ、散弾のように撒き散らしてきた。上条からすれば、そんな事実に遅れて気づくほどなのに。

「貴様の弱点はストックを総数四つしか抱える事ができず、後から追加して切り替える場合はその名を別枠で切り取らなくてはならない点だ。既存の攻撃手段であれば対処は容易く、新たに追加するのであればその口が動いた時点で警戒すればよい。……つまり、何をどうしたところで奇襲には使えないんだよ、貴様の術式は」

「……、」

「馬鹿は追い詰められると自分で解決する事なく、安易な神頼みに走る。貴様もそういったクチだったのだろうが、この辺りが幕だ。安易な力は安易な結末を導く事しかできん。今までどうやって生きてきた？　少しは深く学ぶべきだったな、人生を」

上条の肩の上に腰掛け、細い脚を組んでオティヌスは言った。

あくまでも尊大に、それでいて核心を抉るように。

「何を願って魔術に触れた、元レスキュー」

かえって、だ。

少年の方が置いていかれるくらいだった。

「……れす、キュー……？」

「そうだ人間、こいつの射撃にはクセがある。見た目だけなら暗殺拳銃だが、銃口をわずかに上へ上げて狙いをつけるそのやり方はロープを撃ち出す救命銃の構え方だろう。当人に狙いをつけるが当ててはならず、しかも水中で力尽きる前に要救助者のすぐ近く、溺れてパニックに陥った者が腕を振り回せばひとりでに摑める範囲へ確実にガスバルーンを落とさなくてはならないからだ。要救助者の頭の上を追い越す形で撃てば、仮に狙いが外れてもバルーンに繫がったロープが水面に落ちたタイミングや、リールでロープを引いてバルーンを戻すタイミングで掴むチャンスを増やせるだろうしな」

「貴様……」

君、といった余裕ぶった言い回しが剝がれた。

根丘則斗は本来、警備員を牽制するためにわざと自分の体に傷をつけて自作自演の被害者を演じようとしていた。

あの時はドクターヘリの中で女医の手を借りていたはずだが、あれは本人に知識がなかった訳ではなかったのか。

手慣れているが故に、自分の手で処置すると逆に怪しまれかねない。だから他人の手でやらせて、自分のクセや技術が表へ出ないように配慮していた。

「もしもそこで正しい魔法名を胸に刻む事ができたのなら、貴様はいっぱしの魔術師になっていたかもしれない。だが間違えたな。正しい目的さえあれば常に正しい結果がついてきてくれる訳ではない。選んだ方法を誤れば、人を救うつもりで死なせてしまう事さえありえるんだ」

沈黙があった。

誰にも踏み込めない領域があった。

やがて、だ。

本当に小さく、こうあった。

「……助けたよ」

ぽつりと。

そんな言葉が。

合理性だけ考えれば、根丘則斗の行動に意味はない。らしくない、とも上条は思う。ただオティヌスが統括理事から一撃でそんな言葉を引き出せたのは、ひょっとしたら彼らが魔術サイドという別の世界で生きているからかもしれなかった。正しい手順を知らずに魔術に触れてしまった者。そいつの不備を指摘した事で、歯車と歯車の間に挟まっていた楔のようなものを引っこ抜いたのではないか、と。

だから、抗えない。

上条だって魔術師という生き物を見てきた。世界の理不尽に直面し、自分の無力さに歯噛みして、奥の奥にある技術へ手を伸ばし。神に頼むか神を恨むか、本来ならそれくらいの経験をしない限り人はオカルトになど触れるきっかけを持てない。だとすれば魔術師というのはお世辞にも順当で幸せな生き方ではないかもしれない。だけどそんな彼らは、誰だって自分の生き様にだけは胸を張っていた。

どれだけ奪われて。

どれほど荒みきった目で世界を眺めていても、絶対に。

あるいは安易な力へ手を伸ばした根丘則斗は己の心と向き合う事で、本当に本当の意味で第一歩を踏み出したのかもしれない。

「多くの人を助けてきた。炎の中でも、薬品の煙に満たされた工場でも、暴走する能力者が泣き喚く嵐の中心であっても。……その後、助けた人達はどうなったと思う?」

答えようがなかった。

幸せになってめでたしめでたしではダメだったのか。

根丘則斗(ねおかのりと)もそう信じていたのだろう。

だがこうなった。

「好奇の目にさらされた」

想像を絶する言葉だった。

どろりとした瞳で、異形の銃を構えたまま統括理事は笑っていた。

「もっと早く避難していれば、もっと日頃から警戒していれば、消防に迷惑を掛けず僕達私達の税金が無駄に使われる事もなかった。そんな風に、助かった人達は顔も名前も知らない赤の他人からねちねちねちねちねち糾弾された。……できる訳ない。あれは誰にも予見できない災害だったし、一〇〇人遭遇していたら一〇〇人が専門家に助けを求める事態だった!! そんなのプロの私が証明する!! なのにみんな耐えられなかったんだ。負うべき必要のない責任に押し潰されていった。私達がこの命を懸けて助けたはずの人達は憔悴(しょうすい)していって、やがては『失踪』

していった！　そのままの意味じゃないのは分かるよな？　四方を壁に囲まれ無数のレンズで埋め尽くされたこの学園都市で、どうやったら人間は消えられる⁉︎」

本当に醜いのは、表か裏か。

あるいはその中間か。そもそも境目なんかどこにもないのか。

『暗部』という言葉は、上条も時々耳にする事があった。幸いにして、彼自身が直接呑み込まれる機会はそうなかったが。

だけど根丘の告げるそれは、今までの印象を覆すようであった。

元来、闇はただ恐れるために存在するのではなく、人を優しく包み込んで安寧と眠りをもたらすためにある不可欠なもの。全てが情報化され周囲を壁に囲まれているため物理的に行方を晦ます事もできない。そんな歪な街にとってはなおさら必要な存在だった。

「暗闇が必要だったんだ、逃げ場のないこの街には‼︎　誰の目も届かない、心と体の傷をゆっくりと癒やしてもう一度復帰するための暗い領域が。全部が全部なんて言わない。『暗部』が学園都市を支配するなんて話に興味はない。それでも、それでもだ‼︎　こんな澱みの中でしか安心を得られない人達だって確かにいたんだよ‼︎」

『あの』アレイスターが設計した街なのだ。

無駄で無為で無価値で無意味な領域が、あそこまでの規模で無秩序に広がるのもおかしな話だった。

身分の貴賤に拘らず傷ついた全ての人を包み込む優しい静寂。不躾に全てを明るみに出そうとする強烈な人工の光から弱き者の心を守るヴェール。すなわち、暗部。それを悪しき研究の隠れ蓑として使い始めた者達がいたのが、そもそもの間違いだったのか。

何の落ち度もない打ち止めを狙い、追い詰められた舞殿星見の背中を押して、自分自身は決して手を汚そうとしなかった……歪んだ潔癖症。

だけど、考えてみれば当たり前だった。

誰にだって譲れないものの一つくらいはあったのだ。

その男には元々、戦う手段なんてなかった。

どれだけ鍛えたところで、必要と感じない技術を学ぶ機会はなかったから。彼はただ炎や煙の向こうで助けを求める声があったら、水面に沈もうとしている細い手が一本見えたら、それだけでどこにだって迷わず飛び込む事ができた。そんな自分を形作るために己の心身をギリギリまで鍛え上げてきた。

でも、だからこそ彼は人の悪意を跳ね除ける方法を知らなかった。

それで多くのものを失って。

泣いて、嘆いて、怒り狂って。

変わろうと思って、これまでとは違う方向に舵を切って、実際にこの街にのさばる悪意を食い千切り己の糧とするほどの何かに化けた。

そこまでしても守りたかった、日陰の聖域。

そんなものさえ脅かされて、一人の男はさらなる力へ手を伸ばしてしまった。

「だから私は守る」

断言だった。

この街の頂点グループに立つ統括理事。堂々たる一角が確かに宣言したのだ。

「眩い光の当たらない、優しい暗闇で満ちた寝室を。不意の爆音で飛び起きる心配のない、静かなゆりかごを。ここまで落ちてきた者が、ここで引っかかって助かる事のできるセーフティネットを!! 小さな一角があれば良い。本当にこんな世界から消えてなくなりたいとまで思い悩む人達が、ゆっくりと時間をかけて己を見つめ直せる場所さえあれば。そんな『暗部』を守るためならば、私はいくらでも禁忌を犯す。科学などという言葉とは程遠い、悪鬼になっても構わないッ!!」

そういう話があった。

そういう風に『暗部』を見ている人がいた。

真正面から言葉を受けて。

上条当麻には、その苦悩の一割だって実感を伴って理解してあげる事はできなかっただろう。一度は助けたはずの人達がのちのちになって次々と泥沼に沈められていくなんて、そんなどうしようもない苦悩はもはや想像の範囲を超えている。

だけど。

それでもだ。

上条当麻は目を逸らさなかった。そのまま言った。

「ふざけるんじゃねえよ」

やはり、断言。

ここまでの事情があるのだ。それを喰い止めて潰す側が、人に尋ねて迷いながらでは礼儀に反する。

自分の言葉で、自分の行動で。

上条当麻が根丘則斗に立ち向かわなくてはならない時がきた。

「……アンタ自分で言ったな、悪鬼になってもって」

「……、」

「つまり最初から分かっていた訳だ。悲劇をなくすって言いながら、自分自身は例外だって！『暗部』を守るために打ち止めは犠牲になって、舞殿みたいな人間がずっともがいて苦しめられていく事も織り込み済みだって!! そんなの、何にも変わらねえよ。アンタは『暗部』をコントロールしているように思っているかもしれないけどさ、きっとそんな簡単なものじゃないんだ!!　振り回されているんだよ、すでに!!　アンタ自身も悲劇を生み出す側に転落しているのがその証拠じゃねえかッッッ!!!!!!」

本当に本当の『暗部』がどういったものか、上条には分からない。

ひょっとしたらそれは、あの白い第一位の方が詳しいのかもしれない。

だけどここにいるのは上条当麻だ。

彼が立ち向かわなくてはならない。不幸不幸と言っているが、上条はまだ幸運だった。『暗部』に染まらずに済んだ少年だからこそ、外から眺められる異変があったのだから!!

「……今日、『暗部』はなくなるかもしれない」

見据えろ。

睨み返せ。

自分自身の疑問を信じろ。こんなのはスケールの大小で結論が変わる話じゃない。ここまで一体何を見てきた?　統括理事・根丘則斗の結論が正しかったなんて、そんな言い分なんか絶対に認めるな。

「だとしたら統括理事のアンタがするべきは、『暗部』にしがみつく事なんかじゃない。『暗部』がなくてもみんなを守れる学園都市を作り直す事だったはずだ!!　だって、アンタの言っている事には根本的な解決がない。どう考えたって話の中心は『暗部』の存続なんかじゃない!　炎や煙の中から助けられた人達が、苦しめられた分だけ幸せになれる世の中を作るところにあった‼　俺みたいなガキにとっては夢物語であったとしても、実際に統括理事まで上り詰めたアンタにならできたかもしれなかった‼　違うのかよ⁉」

少年には金や権力なんかない。

こんな怪物、そもそも立ち向かえているように見えているのがもうおかしいのかもしれない。

だけど、

「逃げるなよ、根丘」

一対一だ。

街に住むだけのちっぽけな少年が、支配者たる統括理事に牙を剝く。

ここはそうしてやらないと、絶対にダメだ。そう分かっていたから。

「アンタは暴力になんか逃げちゃいけなかった。まして魔術なんて反則にすがっちゃならなかったんだ、絶対に。本当に必要だったのは、暴力くらいしかカードがない、こんなクソガキにはできない地道な努力だった。何のドラマにもしようがない、だけど確実な一歩一歩の積み重ねだったはずなんだ！　そうすりゃ違った形になっていた。大人のバランス、見えない力？　アンタがその気になれば全部見えるようにできたろ‼　落ちてきた人達を拾い上げるにせよ、これ以上下に落ちないように受け止めるにしても、こんな形の命を奪うセーフティネットにはならなかったはずなんだ‼」

そうか、と根丘は呟いた。

そのまま右の銃を突き付けた。

上条ではなく、よそへ。

「フォ、イ、アエル、ル!!　AuとCuの間、すなわち経路14に架空の端子を設けよ!!!!!!」

バッキン!!　という何かが砕ける音があった。

頭上の輝く光輪を戴く赤の少女がほどけて光の塊となり、直線的に空気を焼き尽くす。

しかし噴き出した炎が上条の見知った少女達を焼き尽くしたのとは違う。今のは間に割って入った上条当麻が、右の拳で凶行を断ち切った音だった。

「震えるだろう?」

根丘則斗は笑っていた。

「体ではなく魂の中心がッ!!　科学も非科学もない。人が狙われるとはこういう事だ、命を奪われる瞬間に立ち会うとはこういう感覚なんだ!　ここにはもう理屈なんかない。正しいからやっている訳でもない。私には、い、いい、これしかない、い。この最悪な方法以外で人が救われるビジョンなど想像が及ばないんだよ!!」

「人間」

肩の上に乗っていた小さなオティヌスが、短く少年に呼びかけた。

呆れたように。

それでいて、どこか憐れむような声色で。

「……言葉の応酬はこの辺りが限界だ。状況の破綻についてはヤツ自身が一番理解しているだろうさ、分かった上で認められないんだ。どこかに取りこぼしがあって当然だろう、この神が手掛けない限りはな」

「オティヌス」

「小賢しい知識は貸す。だが戦うのは貴様自身だ。覚悟はできたか。命知らず以外の言葉がないほどお人好しの貴様の事だ、そろそろあの男を助けたくなってきた頃合いだろう？」

メキィ!!　という鈍い音があった。

ちっぽけな一人の少年が。

それでも我と我をぶつけて押し切るために、右の拳を硬く握り締める。

「まだ……」

血まみれの体も無視して、上条当麻がこう吼える。

「まだチャンスがあるのなら!!」

「やるのは貴様だ。かつてこの神を救ったその力をもう一度見せてみろ」

4

根丘則斗は左右の暗殺拳銃を構えていた。

こちらに向かってくるのは、一人の少年。

ガラスの銃身は四つ。これは何色にでも簡単に染まっていく小さな少女達、各々に込められる手札の数と直結する。ならば具体的に何を装塡する？　どうすればこの少年に勝ち、自らの我を貫ける？

火か、水か、風か、土か。あるいは切り取る力はそれ以外でも構わない。

考え。

そして若き統括理事は静かに笑った。

手放す。

魔術などという得体の知れない代物を落とし、自由になった両の拳を硬く握り締める。

初めて、だ。

あの少年のみならず、肩に乗った小さな影すら虚をつかれた顔になった。

がつっ、と。

硬い床に歪な暗殺拳銃が二つ落ちた途端、その男が動いた。

空気を引き裂いて、根丘則斗が真正面から飛び込んできたのだ。

「まずいぞ人間!!」

「分かって、ッる!!」

元レスキューの精鋭。未だにその強靱な肉体をキープしているのだとすれば、身体的には単なる高校生に過ぎない上条当麻では足元にも及ばない。そして少年の幻想殺しは、異能の力さえ関わらないならただの血まみれの握り拳でしかない。

そう。

これが一番の正解だったのだ。

学園都市第一位の超能力に、本物の『魔神』が解き放つ極大の魔術。

そんなものより恐ろしいのは、誰でも覚えられる当たり前の格闘技の方だ。

「お」

それでも、ここまできたらもう戻れない。

根丘則斗は自分のプライドを捨ててでも勝ちにきた。魔術師でも統括理事でもなく、レスキューの肉体まで持ち出して挑んできた。

上条当麻がそこまで引き出した。

一番見たかった根丘則斗がここにいる。

振り払えるか。

丁寧に距離を取って、スマートになんか立ち振る舞えるか!!

「おおおおおおおおおおおおおおおおおおおおおおおおおおおおおおおおおおおお

おお!!!!!!」

叫んで、踏み込む。

全力の拳と拳が、真正面から交差する!!

鈍い音。

めりめりと。自分の耳ではなく、頭蓋骨を伝って響き渡ってくる音を、上条当麻は確かに自覚していた。

やはり、純粋な腕力勝負となると敵わない。

根丘の拳はこちらの頬に突き刺さるが、上条の拳は何の感触も返さない。強大な敵の顔、そのすぐ横を泳いでいるだけだ。

クロスカウンターには失敗した。

ただし、

「……ただの、拳」

脳を揺さぶられながらも、まだ上条当麻の口は動いていた。

そのまま言ったのだ。

「だと思ったか？」

「ッ⁉」

すでに膝が笑っている上条当麻(かみじょうとうま)には、ここから猛烈なラッシュに移るだけの体力など残されていない。

だから、握り込んでいた拳を、ただ開いた。

より正確には、掌(てのひら)の中に隠していた何かを、根丘則斗(ねおかのりと)の顔のすぐ近くでさらけ出したのだ。

その正体は、己の血。全身血まみれでいくらでも体を汚しているそれを、五指で弾くように飛ばしたのだ。血の珠(たま)の形で。

だけど。

こんなものでも、使い方次第では確実に目を潰す武器となる。

「卑怯者で悪いな」

「チィッ‼」

目元についた血を拭うように指をやり、頭を左右に振るが、それでも隙は隙だ。

血には凝固作用がある。酸素または他の生体に触れると、特に。

「レスキューなんて言葉が出てきた辺りから、殴り合いになったら勝てないって思ってた。だから、泥臭くても意地汚くても絶対に勝てる方法を考えなくちゃあならなかったんだ。アンタと同じように‼」

仕切り直しても、すでに頭を揺さぶられている上条には大した力は残っていない。

それでも。

なけなしの力を全部集めて。

「もしも、こんな方法でなくちゃ大切な人を守れないって言うならさ」

根丘則斗は、目が使えない。

そんな彼が次に頼るのは、おそらく耳。

純粋な格闘技が怖いなら、それが使えない状況に追い込めば良い。だけど根丘は根丘で、目をやられた状況で今さら這いつくばって足元の霊装を探す訳にもいかないだろう。勝つためには、無理にでも拳で挑み続けるしかない。

「もしも、形のない自分縛りに捕らわれちまっているのだとしたら」

上条としても、そうでなければ困る。

二人はどこまで理解を深めたって敵同士。ここで時間なんか稼がれて、上条が倒れるのを待つなんていうのは最悪だ。だからそうならないように、上条の方から口を開く。音で、声で、一度耳で、根丘がこちらへ向かってくるように仕向ける。とてもではないが、自分からもう一度懐へ飛び込むだけの足運びは期待できそうにない。

だから、今度こそ。

最後の一撃を叩き込むために。

「まずは、その幻想をぶち殺すッッッ!!!!!!」

その拳が限界だった。

右の手首に確かな手応えが返ってくるのを確認し、根丘則斗が倒れたのを確認した直後。上条当麻もまたすとんと膝から落ちた。

5

あれだけ激しい震動や銃声が、いつの間にか止んでいた。

白い髪に赤い瞳の怪物、一方通行は秘匿取調室の分厚い扉に背中を預けたまま、床に座り込んでいた。片足を投げて、片足を抱え込み、天井を見上げて。そうやって、第一位は一つの終わりを確かめていた。

結局、だ。

その怪物は、一度たりとも扉の外には出なかった。

もしも学園都市第一位の超能力を全力で行使していれば、こんな些末な戦闘など秒も保たずに粉砕できたはずなのに、だ。

『いひひ、よろしかったんですか？』

「うるせェよ」

悪魔の誘惑ほど面倒なものもない。一方通行が虚空に向けて囁いた時だった。

軋み、とは違うだろう。

だが扉を通して、向こう側から何かが寄りかかるような刺激が第一位の背中へ確かに伝わってきた。

『……終わったよ、ってミサカはミサカは呟いてみる』

「……、」

『聞こえてる？　ここ、分厚いみたいだから届いていないかもしれないけど』

「うるせェな。いちいち答えなくちゃならねェのか、これ」

小さく息を吐いて、一方通行はようやく口を開いた。

『空気』というものに形はない。能力者が放出する目に見えない微弱なＡＩＭ拡散力場すら計測する学園都市の機材を使ったって、そんなものは確認できないだろう。

だけど。

確かに、そんなやり取りで何かが変わった。

『もう止められないんだね、ってミサカはミサカは無駄な確認を取ってみたり』

「不満か？」

『あなたが決めた事なら、ミサカはそうする』

従順な物言いは、これまでクローン人間が辿ってきた道を単純に眺めてみると、決して心地のいい響きではないかもしれない。だがわずかな違いを一方通行は如実に掴んでいた。

法律やモラル。

世俗一般の幸不幸。

そういった、テキスト化された尺度に照らし合わせたのではない。一方通行の言葉を聞いた上で、第一位の命令通りに追従するのではなく自分の頭で考えた上で賛同の意思を表明している。繊細で言語化は難しいが、二つは全く違うものだ。今の打ち止めなら、一方通行の言葉を聞いた上で自分の意思で否定の意思も表に出せるはずだ。

絶やしてはならない、と白い怪物は一人思った。

真正面に浮かぶ悪魔が、無言のままにたにた笑っていた。

「これで良いさ」

そっと。

キングの前へ決定的な駒を置くように、第一位は言葉を放った。

「俺の手足として、この街の隅々まで俺の意思を通せるってのは今回の件ではっきりした。鉄格子の中からだって、街全体を見渡して動かす事はできる」

そう。

学園都市はくそったれの巣窟だった。事件なんか解決したって救われない人ばかりで、死んでも治らないレベルの馬鹿はいくらでも湧いて出る。

そして期待に応えてくれる人達は、確かにいた。

全部が全部、一方通行のような特別枠ではないだろう。ありふれた教師が警備員としての防弾装備を纏って現場へ走り、救急隊員が怪我人を病院まで運び込み、医者は自分の仕事をとことんまで全うして。いいや、そんな専門職ですらない、普通の学生や会社員だって混乱を押さえ込み、自分にできる事を考えて、特別な才能頼みなんかにすがらないでできる事はないかと必死に考えてくれただろう。

みんながみんな、悪党を殴り倒す必要なんかない。

いつもの毎日を守り、事態解決のために動くヒーロー達が一直線に走っていけるよう道を空けるだけでも十分な『力』となる。きっと一方通行の知らないところで様々なドラマがあって、そうやって大きな力を束ねていった人達は、自分のやってきた偉業に気づいてすらいないのだ。

当たり前にできる人達は、そこまで強い存在なのだ。

その手応えを感じられた。

理想論ではいかないし、現実はシビアな事ばかりかもしれないけど。

それでも、この街は信用に値する、と。

「……だったら、これで良い。俺だって、いい加減に『白い怪物』を返上する。結局、他人から押し付けられて自分で被った名前だ。つまらねェお仕着せはここまでにしてやる。それくらいはやらなくちゃ、俺は本当の最強とは呼べねェンだよ」

『……、』

「……付き合う義理はねェぞ。俺の人生を俺が決めたよォに、オマエの人生はオマエのモンだ。抱えるにゃ重たいと思った場合は、とっとと捨てちまえ」

『行くよ。ミサカだって自分で決める。だったら毎日だって顔を見せに行くよ！　ってミサカはミサカは震えが止まらなくなってみたり!!』

馬鹿な野郎だ、と一方通行は吐き捨てた。

だけどその表情を知る者は、おそらく超常の悪魔以外にいるまい。

取調室らしくこの部屋には『特殊な構造の鏡』があるが、そちらに視線を振るつもりもない。

余人には分かるまい。

人の数だけ繋がり方は存在する。千差万別の一つに、こんなものがあっても良いだろう。

寄りかからなければ少女の涙は止められない。だけど言葉で縛り付けてもならない。

だから一人の『人間』はこう言った。

二人にしか分からない、絶妙な力加減で。

「期待はしねェぞ」

行間X

ふうん。

まあ、第一セットはこんなところかしら。

終章　雪と真紅が覆い尽くす　White_End.(and_Merry_Xmas!!)

事件は終わった。

しかし根本的な事を忘れてはならない。

「うう……」

「ちょっとアンタ、大丈夫!?」

「とうま、なんかもう服から血が滲んでいるってレベルじゃないんだよ。まっかっか」

ツンツン頭の少年がふらつくのも無理はない。何しろ舞殿星見から奇襲を受けて脇腹を刺された事実はなくならないのだ。御坂妹の手で大雑把に縫合はしてもらっているが、基本的に傷はそのままである。しかもその後も舞殿や根丘と戦闘続行、ガラスや鉄片をしこたま浴びたおかげで体はメッチャクチャである。上条当麻、ひとまずクリスマスイヴに病院行きは確定。願わくは入院だけは避けたいところだった。

辺りはすっかり夜になっていた。

「……根丘、か」

「あれ以上してやれる事は何もないだろう」

肩の上のオティヌスはドライに言った。

ただし彼女は『理解者』、少年の支え方なら心得ている。

「それにヤツが納得できる学園都市を作れるかどうかは、貴様の肩にもかかっている。上の人間が呼びかけただけで街の形が丸ごと変わる訳ではない。呼びかけに応じる者がいなければ、壇上に立った発案者を孤立させるだけだ」

長い長い階段を使うのは諦めたのだろう。大型のティルトローター機を使って今さらのように急行してきた警備員に根丘則斗とお付きの女医やヘリのパイロットなどを預けると、上条達はいったん地上を目指す。言っても七〇階建てで、しかもエレベーターは動かない。磁力を操る御坂美琴がいなければまさしく陸の孤島状態になっていたはずだ。

「なんか人増えてるな」

「イヴの夜だからじゃない？」

そんな日に血まみれになって拳を振り回し、留年すんのかどうかも分からん宙ぶらりんのまま凍りついた夜の街に放り出されるとかいよいよ上条当麻の恋愛レベルが絶滅寸前にまで陥っているが、そこで彼は見た。

小さな奇跡を。

「お、おやじ？」

「アンタどうしたの」

「ちょっと待て‼　いるじゃねえか、ラーメン屋の親父ぃ⁉」

傷の痛みも吹き飛び人混みをかき分けるように背中を追いかけて正面に回り込むと、確かに。

あの親父だった。

こだわりは鶏がらか魚介かと聞かれたら『知らない。化学と合成？』と客前で堂々と言っちゃう、しかし学校帰りの学生のためにお茶碗一杯分の小さなラーメンを作ってくれたあの親父が。変なドーナツの波に流されてどこへ消えたと思ったら、こんな所にいたっ。学園都市の魂はまだ死んでいなかったのだ‼

イヴの夜でもねじり鉢巻きの人は中古車ディーラーを指差していた。

上条が血まみれだろうが何だろうが、親父はまず親父だった。

我が道を指し示してブレない漢は語る。

「どんな形にせよ店がねえとどうにもならんが、この寒さじゃ自分の手でガラガラ押す屋台とかは堪えるからな。次はキッチンカーにしようと思うんだ。年越し前にはまた始めてえな」

「お、おおお……」

「安い中古車なら二万くらいで手に入るしよ」

「おおおおおお‼　これだよっ。やっぱり親父だ、ものの基準からして全部ぶっ壊れてやがる‼　この、明らかに持ち主が次々と死んでそうな車を躊躇なく選んでその中で作った料理をお客さんに振る舞っちゃう、デリカシーって言葉が一ミリもない感じ！　流行りもののドーナツなんかじゃ真似のできねえ確かな厚み、これが俺達の放課後だよお!!」

場外乱闘したプロレスラーのように血だらけで興奮する上条は、置いていかれた少女達が揃って口を小さな三角にしている事にまだ気づいていない。

出前の小僧を雇うのは金かかるから次はスマホの宅配に任せる、と言っていた親父と手を振って別れた。ようやっとの明るいニュースだ。あの化学式を極めたプラスチックより人工物臭いラーメンが画面にタップ一つでどこでも食べられるときた。なんてイカれた夜明けが待っているのだろう。そもそも店内から注意深く厨房を睨んでいても普通にアブないラーメンが出てくるというのに、遠隔操作で互いの顔も見えないとしたら一体何をどんだけどんぶりにぶち込まれるか分かったものではない。もはや軽めのロシアンルーレットではないか！

希望と期待が止まらない。

夜景と恋人達で埋め尽くされた電飾だらけの街並みで、それでも何色にも染まらない親父の背中を見送りながら上条は爽やかな笑顔になっていた。

年の終わりに、良いものを見た。

気づけばそっと、少年は呟いていた。

「来年も明るい一年にしようね」

「……一応確認するけど今日ってクリスマスイヴなのよね。何この空気、アンタ時空のひずみみたいな場所に呑み込まれてんじゃないの？」

ともあれ、だ。

あれだけの騒ぎがあっても、多くの人にとってはお構いなしだった。友達、兄妹、そして恋人達。様々な塊となって人々は電飾で埋め尽くされた街を歩いて笑い合っている。

だけど。

根本的な部分は解決していない。

「根丘の件はあれで片付いたが、ヤツが手を結んでいた外部勢力がそのまま残っているな」

肩に乗る小さなオティヌスがそんな風に言った。

「……R&Cオカルティクス。占いやまじないを軸として各業種へ這い寄る巨大IT、か。また世界は妙な方向に伸び始めたな」

情報はインターネットを通じて世界中へ平等にばら撒かれている。

一見楽しそうに見えるこの人だかりだって、実際にはどうなっているか誰にも分からないのだ。そこかしこに、携帯電話やスマートフォンをいじくっている少年少女が溢れ返っている。上っ面では仲睦まじく笑い合っていても、その小さな画面に表示されているのは果たして何だ？　あるいは形のない好奇心から、あるいは具体的なコンプレックスに衝き動かされて。どこに本社があるかも分からない企業サイトにアクセスし、誰も見た事のない超常の存在を知って、さて現実にどこの誰が試してみようと思ったのか。すでに種が蒔かれてしまった以上、潜在的な脅威は確実に高まっている。そしてこの問題は、科学サイドの学園都市だけでは解決できないだろう。もちろん逆に、『外』に根を張っている魔術サイドの人間だけでも。

今度の相手は、確実に『隙間』を狙ってきている。

連携に失敗すればそれだけ時間的なロスが広がり、R&Cオカルティクスの影響力はみるみる浸透していくはずだ。やがてはエアコンや携帯電話のように、切っても切れない、切りたくても切れなくなる存在になるまで。

元より、能力者は世界全人口からすれば少数派のはずだった。

それはみんなから羨ましがられる、強い少数派でもあったはずだった。

だけど。

もしも、世界中の人間が魔術を使えるようになったら？

そんな超常を隠す必要もなく、ごくごく当たり前に普及してしまったら？

能力者に、魔術は使えない。

それなら使えない人間は弱い少数派として、緩やかに衰退していくのかもしれない。

けど。

だから、それだけで戦うというのは、本当に一片の曇りもなく『正しい行為』と呼べるのか？

もしや。

必死の抵抗さえも、『悪なる行為』と断じられる時代がやってくるのでは。

(本当に、これが狙いだとしたら。とんでもない所からひっくり返してきた事になるぞ……)

「……、」

顔も名前も分からない敵。

そいつは学園都市の外壁を乗り越え、中に潜り込む必要すらない。

ただ情報を提供するだけで、無尽蔵に強敵を生み出せる。

「……雪だ」

と、インデックスがそんな風に呟いた。

彼女は三毛猫を両手で抱えたまま頭上を見上げて、

「雪が降ってきた！　ホワイトクリスマスになるよ、とうま!!」

上条は小さく笑った。

見えない脅威はある。だけど直接手の届く範囲にあるものは取り除いた。なら今日この日くらいは全部忘れて勝利の余韻に浸っても良いのではないか。ずっと思い詰めていたら次の敵がやってくる前に心がやられてしまう。だからクリスマスくらいは大騒ぎしたって良いんじゃないか。そんな風に頭を切り替えようとしたのだ。

ところが。

「ふん、ふん、ふんふん♪」

　それは幼い少女の声だった。

　そして聞き覚えのあるものだった。

　思わず振り返って、そして上条当麻は心底嫌な顔をする。昨日の夜、コンビニの裏で見つけてしまって抱え込んだが最後、不良達に街中追われるきっかけとなったあのどろり幼女（？）だ。格好については相変わらずで、この寒空の下でも全裸。かろうじてなだらかな胸元に片手で薄くて赤い布をかき寄せている程度のものだったが、上条にはあれが服なのかベッドシーツなのかも判別できない。

　でもってここにはインデックスと御坂美琴とオティヌスがいた。

　混ぜるな危険どころの話ではなかった。

　幼女の瞳は正確にこっちをロックオンしている、何か楽しそうなものを見つけたというダウナーな喜びに満ちた視線でだ!!

ゆった。

　確かにヤツはこっち見て言った。

「みーつけた☆」

「やめてよおまだセーブしてないんだから!!　こんな所でフルボッコされたら立ち直れなくなっちゃうよお!!」

誰よりも早く防御態勢を敷いた上条だったが、相手はお構いなしだった。驚くほど滑らかに人混みをすり抜けると、そのまま恐れ戦く少年に真正面からすり寄る。

その未熟な唇が、そっと囁く。

「メリークリスマス」

その手にしているのは、スマートフォン。

出会った時から持っていたものだ。

そして今、小さな指先が明確に何かを操作している。

「ホームページ更新、と。ごめんなさいね、こんな時までお仕事の話を挟んでしまって」

「……お前……」

「R&Cオカルティクス。流行を生むだけの傾きには達したでしょうけど、それでも軌道に乗るまでは、もう少しだけわらわが直接面倒を見てあげないとね？」

ぎょっと目を見開いたのはオティヌスだった。

もちろんそれはダウナーな幼女の格好などに驚いている訳ではなく、

「まさか、こいつ……？」

「オティヌス？」

「離れろ人間!!　こいつは私とは似て非なる、もはや『魔神』からも脱線した別格の……ッ!!」

構わなかった。

幼女は自分の唇に人差し指を当てる。

誰でも知っている沈黙のサインだが、実はその起源がエジプト神話の秘儀にまで遡る事を今の時代の人は理解しているだろうか。

そのままにたりと笑って、幼女は切り出してきた。

「この歳格好が気になるのかしら。こんなみすぼらしい形になっているのはわらわの意思ではないのだけれど。面倒なのよね、アレをやるのって。まあ今日は特別な一日だし、奮発してあげても良いかしら。アレをやっても」

言って、彼女は何かを小さな手の中で弄んでいた。

大きな飴玉(あめだま)と呼ぶには、その色は禍々(まがまが)しい黒。

いわゆる丸薬を手にしたまま、だ。

変化があった。

それはグラマラスな肢体を惜しげもなくさらす美女であり、ストロベリーブロンドの長髪をいくつもの平べったいエビフライのようにまとめた妖女であり、各所に薔薇(ばら)の意匠をあしらって己を着飾る魔女であった。

総じて言うなら、

「アンナ＝シュプレンゲル!! 話くらいは耳にしていたが、まさか肉の体を持つ形で存在していた、だと!?」

あの神ですら自分の見ているものを信じられない調子で叫んでいた。

古き魔術結社『薔薇(ばら)』の重鎮にして、世界最大と呼ばれた『黄金』の創設の許可を出した伝説の魔術師。彼女は魔術師の最終到達地点とされる『魔神』へ視線すら投げなかった。そのまま至近にいた少年の首っ玉に両腕を回したのだ。

「では、改めまして」

誰もが見ている前で。

黒い薬を口に含んでの、明確極まる宣戦布告があった。

「メリークリスマス、記憶なきわらわの敵。今日は格好良かったわよ?」

重ねられたのは、唇と唇。

丸薬の味にまみれた一撃が、上条当麻(かみじょうとうま)の脳の奥まで貫いた。

あとがき

そんな訳で改めて初めまして、鎌池和馬(かまちかずま)です。

ナンバリング、一新!! という訳で今度は創約シリーズとなりました。今回はローラとアレイスター、それぞれ組織の旧トップが消えた世界で揺らぐ情勢をベースにしつつ、せっかくナンバリングを一新したのですからここからでも楽しめるものを、と考えて話を進めていきました。

イベント的にはクリスマスイヴ!! ……ここのところハロウィンに押されているらしいという話も耳にしますが、やっぱり楽しいものにしたいですよね。時期的には冬休みに入ってしまっていますが、担任の先生やクラスメイトの悪友などを出して学校感を盛ってみました。

作品全体の説明をする最初の一冊でもありますので、ダイナミックな能力バトル展開しつつも、そこでは終わらずに魔術にまで踏み込んでみました。やはり科学と魔術があってこそです。

そして扱う内容は、このシリーズの中では割と常に中心へ据えられていた『天使』。つ、ついにバトル内でカタカナドイツ語使っちゃいましたけど、みんな笑わないっ！　一応意味とかあったんですからね！　ほらR&Cオカルティクスを束ねているあの御方がかつてドイツ第一聖堂を束ねていた事とか考えると、これが一番分かりやすいヒントになるかなあと。ちなみにR&Cについても、特にひねってはいません。こちらは英語に置き換えておりますが。目次を見た瞬間にああ来るなと思われた方が大半だったのではないでしょうか。

対舞殿星見戦については地盤や高層ビルそのものを動かすよりも、最高速度の無人貨物列車を地上に呼び出して丸ごと叩き込む攻撃が魅力ではないかなと。純粋な破壊力だけなら超電磁砲を超える、と言い張る辺りでコンプレックスの塊を表に出せればと思っております。

またここでは上条が言い放った、

『あんまり羨ましくないんだよ、アンタの能力』

が一撃でそんな舞殿のプライドを粉々にする、学園都市の歪みの全てを内包しているようでお気に入りです。そう、単純破壊力『だけ』では憧れには繋がらないのです。子供の憧れって裏を返せばとても鋭く突き刺さりますよね。そしてどれだけ裏で巨額が動いていようが、人を殺しかねないほどの危険性を持っていようが、現場に立っている当人達にとって第一に重要なのはその憧れの部分なのだと。レベル5だろうが6だろうが、それは共通の価値観でもって分かりやすく憧れを集めるための基準の一つでしかなく、これまでの死闘によって色んな考え方を見てきた、一線を越えた者達にとっては必ずしも必要な項目ではないのです。お箸を使えない。当たり前と思っていた事ができなくなる。

これもまた、(何でもそつなくこなすお行儀の良い委員長だった)舞殿にとっては溜め込んできたプライドという通貨が丸ごと暴落しかねない、爆弾だった訳ですね。

逆に言えば書類上のレベルがいくつだろうが誰かに憧れられる人物になれればそれで全部勝ちな訳でして、この辺りを加味すると上条当麻や一方通行がその命や人生を削り取ってまで何を成し遂げようとしていたのかが分かりやすくなると思われます。そこまで自分を追い込む必要はない、安全にリタイアしたって構わない。でも、そうしない。単純だけど、そういうトコに全身全霊を懸けて我を貫くのが子供の社会の面白さなのかなと。

ネットを介した占いや魔術グッズの通販は、荒唐無稽なようですが実際あちこちにサイトがあるものです。自分自身はともかく気になる片思いの相手の氏名や生年月日まで勝手に送りつけちゃうなんて危ないなあ!! とは思うのですが、まあ人の価値観はそれぞれか。これまでは学園都市やロンドンなど場所に固執してきた面もありますので、本社の所在地が一切不明、ネットを拠点に暴れ回る魔術結社というのも面白そうだなあと思って設定を固めていきました。

ハーブ調合や3Dプリンタなど、危ないオモチャもあれこれ氾濫している時代ですしね。……3DプリンタはVRゴーグル同様、技術自体は面白いのであと一歩何か弾けるきっかけがあればと願っているのですが。

一方通行(アクセラレータ)については、新統括理事長としての絶大な権限を手に入れたら、最初に何がしたい？　と考えた時に自然と浮かんだ答えがこれでした。誰を憚る必要もなくなったのなら、どう考えても自分の手で『暗部』ぶっ潰して肩の荷を下ろすよな、と。新約22リバースでは『みんなの手本と呼べる第一位になれなかった』事を悔いていた一方通行(アクセラレータ)ですが、だからこそ、本当の意味で自由を手に入れたら思う存分『みんなの手本になる誰か』になろうとするのではないかな、と。いかがでしたでしょうか。

そして襲来するどろり幼女。ラストのアレ、小さいままか本領発揮かはちょっと悩みました。実を言うとこれが新約23であったなら序章での登場はありませんでした。学園都市の外からちょっかいを出していたと思われた黒幕が実は内側に潜んでいただけでも、いきなりラストの一発で十分驚かしとしては通用するかなと思いますし。ただ今回はナンバリングを一新しましたので、この一冊の中だけできちんと輪が閉じる形を目指しました。元々、お遊びの部分なら全力全開のアレイスターやオティヌスと同じかそれ以上といったキャラクターではあるので、これはこれで正解かなと思います。アンナが『真面目に』陰謀を計画するというのも、なんか違うかなと。遊びの部分は理解しつつも基本は組織のボスとしてビシッと決めているレイヴィニアともまた違う、退廃的で『どろり』とした感じを目指していければなと思っています。……しかしそう考えると、右方のフィアンマとかは真面目に陰謀をこねていた訳ですな。彼の場合、ひょっとすると心に遊びの部分がなかったから人生が破綻してしまったのかもしれませんが。

イラストのはいむらさんと伊藤タテキさん、担当の三木さん、阿南さん、中島さん、浜村さんには感謝を。年に一度のあの日がやって参りました。そう、おそらく背景の描き込みが一番面倒臭いクリスマスイヴです!!　……本当にご迷惑をおかけしてしまい申し訳ありませんでした。今後もお付き合いいただければと。

そして読者の皆様にも感謝を。学園都市流のクリスマスイヴはいかがだったでしょうか。せっかくの特別な一日。願わくは、皆様に登場人物の幸せを願いながらページをめくっていただけますように。ここまでお読みいただき本当にありがとうございました。

それではこの辺りで本を閉じていただいて。
次回もまたお手に取ってくれる事を願いつつ。

今回はここで筆を置かせていただきます。

やっぱり君はジャンクな食べ物が似合うな、上条当麻（かみじょうとうま）

鎌池和馬（かまちかずま）

◉鎌池和馬著作リスト

「とある魔術の禁書目録(インデックス)①〜㉒」(電撃文庫)

「とある魔術の禁書目録SS①②」(同)
「新約　とある魔術の禁書目録①〜㉒　㉒リバース」(同)
「創約　とある魔術の禁書目録」(同)
「ヘヴィーオブジェクト」　シリーズ計17冊(同)
「インテリビレッジの座敷童①〜⑨」(同)
「簡単なアンケートです」(同)
「簡単なモニターです」(同)
「ヴァルトラウテさんの婚活事情」(同)
「未踏召喚://ブラッドサイン①〜⑩」(同)
「とある魔術のヘヴィーな座敷童が簡単な殺人妃の婚活事情」(同)
「最強をこじらせたレベルカンスト剣聖女ベアトリーチェの弱点①〜⑦
その名は『ぶーぶー』」(同)
「とある魔術の禁書目録×電脳戦機　とある魔術の電脳戦機」(同)
「アポカリプス・ウィッチ　飽食時代の【最強】たちへ」(同)
「マギステルス・バッドトリップ」　シリーズ計2冊(単行本　電撃の新文芸)

本書に対するご意見、ご感想をお寄せください。

ファンレターあて先
〒102-8177　東京都千代田区富士見2-13-3
電撃文庫編集部
「鎌池和馬先生」係
「はいむらきよたか先生」係

本書は書き下ろしです。

電撃文庫

創約(そうやく) とある魔術(まじゅつ)の禁書目録(インデックス)

鎌池和馬(かまちかずま)

◆◇◇

2020年２月７日　初版発行
2024年10月10日　９版発行

発行者　山下直久
発行　株式会社KADOKAWA
〒102-8177　東京都千代田区富士見2-13-3
0570-002-301（ナビダイヤル）
装丁者　荻窪裕司（META＋MANIERA）
印刷　株式会社KADOKAWA
製本　株式会社KADOKAWA

ISBN978-4-04-912809-3　C0193　Printed in Japan

電撃文庫　https://dengekibunko.jp/

電撃文庫創刊に際して

文庫は、我が国にとどまらず、世界の書籍の流れのなかで〝小さな巨人〟としての地位を築いてきた。古今東西の名著を、廉価で手に入りやすい形で提供してきたからこそ、人は文庫を自分の師として、また青春の想い出として、語りついできたのである。

その源を、文化的にはドイツのレクラム文庫に求めるにせよ、規模の上でイギリスのペンギンブックスに求めるにせよ、いま文庫は知識人の層の多様化に従って、ますますその意義を大きくしていると言ってよい。

文庫出版の意味するものは、激動の現代のみならず将来にわたって、大きくなることはあっても、小さくなることはないだろう。

「電撃文庫」は、そのように多様化した対象に応え、歴史に耐えうる作品を収録するのはもちろん、新しい世紀を迎えるにあたって、既成の枠をこえる新鮮で強烈なアイ・オープナーたりたい。

その特異さ故に、この存在は、かつて文庫がはじめて出版世界に登場したときと、同じ戸惑いを読書人に与えるかもしれない。

しかし、〈Changing Times,Changing Publishing〉時代は変わって、出版も変わる。時を重ねるなかで、精神の糧として、心の一隅を占めるものとして、次なる文化の担い手の若者たちに確かな評価を得られると信じて、ここに「電撃文庫」を出版する。

1993年6月10日
角川歴彦

電撃文庫DIGEST　2月の新刊

発売日2020年2月7日

★第26回電撃小説大賞《大賞》受賞作! **声優ラジオのウラオモテ** #01 夕陽とやすみは隠しきれない? 【著】二月 公　【イラスト】さばみぞれ	第26回電撃小説大賞2年ぶりの《大賞》受賞! ギャル&陰キャの放課後は、超清純派のアイドル声優!? 電撃文庫が満を持してお届けする、青春声優エンタテインメント、NOW ON AIR!!
創約 とある魔術の禁書目録（インデックス） 【著】鎌池和馬　【イラスト】はいむらきよたか	科学と魔術が混在する世界。ここは科学サイド最高峰の学園都市、時はクリスマス。相変わらず補習に勤しむ上条当麻の前に、イヴの空気に呑み込まれた御坂美琴が現れて——!?
青春ブタ野郎は迷えるシンガーの夢を見ない 【著】鴨志田 一　【イラスト】溝口ケージ	忘れられない高校生活も終わり、咲太たちは大学生に。新しくも穏やかな日々を過ごしていたはずが、卯月の様子がなんだかおかしい……?　彼らの思春期はまだ終わらない。ちょっと不思議な青春物語、待望の第10弾。
七つの魔剣が支配するV 【著】宇野朴人　【イラスト】ミユキルリア	勉強と鍛錬を重ね己を高め、頼れる先達としての一面も見せ始めるナナオたち。一方で、次の仇討ちの標的をエンリコに定めたオリバーは、同志たちと戦いの段取りを詰めていく。必殺を期す彼らが戦場に選んだ場所とは——。
幼なじみが絶対に負けないラブコメ3 【著】二丸修一　【イラスト】しぐれうい	沖縄でPV撮影ってマジ!?　女子たちの水着姿を見るチャンス到来か……!　ヤバい、ハンパじゃないラブコメの波動を感じるぜ……!　って、何か白草の雰囲気が尋常じゃないんだが……。本当に水着回だよな!?
賢勇者シコルスキ・ジーライフの大いなる探求 痛（ツー） ~愛弟子サヨナと今回はこのくらいで勘弁しといたるわ~ 【著】有象利路　【イラスト】かれい	「私にも妻と子がいるんで勘弁してください」「その言い訳2度目やぞ。前回が妻分で、今回が子の分。もう次はないわけや。コレ以上は、ワイは原稿修正しませんぜ!」こんな打ち合わせの末に生まれた第2巻!
モンスター娘ハンター2 ~すべてのモン娘はぼくの嫁!~ 【著】折口良乃　【イラスト】W18	世界平和のため、自分の欲求のため、モン娘大好き王子ユクの旅は続く——今回は竜神娘にクモ女、果ては超巨大なゴーレム娘まで!?　モンスター娘への溢れる愛がどこまでも広がる、モン娘ハーレムファンタジー!
シノゴノ言わずに私に甘えていればいーの!② 【著】旭 蓑雄　【イラスト】なたーしゃ	相変わらず勤労への執着が止まらない社畜リーマン拓務は、どうにかして甘やかそうとする堕落の悪魔・シノさんと攻防を繰り広げていた。そんなある日、アパートに引っ越してきたお隣さんとの浮気を疑われることに!?
新作 **魔法も奇跡もない、この退屈な世界で** 【著】渡風 夕　【イラスト】rioka	改造人間と、生来の超常者が跋扈する23世紀の日本。孤高の犯罪者「殺人王」が、ある目的の為に政府と共闘する際に派遣されて来たのは、冷凍睡眠から目ざめたばかりの、"殺人を許せない"21世紀人ヒナコだった。

二月 公
イラスト／さばみぞれ
声優ラジオのウラオモテ
#01 夕陽とやすみは隠しきれない？
オモテは元気＆清楚なアイドル声優／
ウラはギャル＆根暗地味子な女子高生!?
プロ根性で世界をダマせ!
バレたらアウトの声優ラジオ
Now On Air!!
第26回
電撃小説大賞
大賞
受賞
電撃文庫

人体改造による異能者が跋扈し、
犯罪が退屈な日々を送る大衆の娯楽と化した23世紀の日本。
孤高の存在である殺人王は、冷凍睡眠から目覚めた21世紀人・新米女捜査官の
ヒナコと妙な因縁からタッグを組むことに。
謎解き＋どんでん返しが連続する痛快バトル小説!

電撃文庫

君を失いたくない僕と、僕の幸せを願う君
神田夏生
[Ill] Aちき
たとえ何度失敗しても、君といる未来を諦めない。

——これは、繰り返す夏の恋物語。

Story
「私は、そうちゃんに、幸せになってほしいの。だから、私じゃ駄目」

高校一年の夏。ようやく自覚した恋心を告げた日、最愛の幼馴染はそう答えた。自分は3年後には植物状態になる運命だ。だから俺には自分以外の誰かと幸せになってほしいのだと。

運命を変えるため、タイムリープというチャンスを手に入れた俺。けれど、それは失敗の度に彼女にすべての痛みの記憶が蘇るという、あまりに残酷な試練で。

何度も苦い結末を繰り返す中、それでも諦められない切ない恋の行方は——。

ごめんな、一陽。お前が隣にいてくれるなら、俺は何度だってお前を助けるよ。

電撃文庫

規格外の錬銀術師、最凶吸血鬼の始祖となる

~蒼はアルケミスト学園と踊らない~

錬銀術師――
それは人類を滅ぼす
吸血鬼に立ち向かう
最後の希望

クルーエルと呼ばれる凶暴な混血の吸血鬼を鎮圧する錬金術師の精鋭集団『薔薇十字団』。家族をクルーエルに殺されたハギオは、入隊を目指し養成学校に通っていた。そんなある日、純血の吸血鬼の美少女・九炉が現れ――。

枕木みる太
illust: おっweee

電撃文庫

ぼくの妹は息をしている（仮）
鹿路けりま イラスト せんちゃ
理想の妹は現実には存在しない。
でも、自分の小説の中になら――？
Story
「人を殺す小説を書きてえなあ。」
ぼくは常々そう思っていたのだが、
ついに、この人間の脳を用いた
自動物語生成システムによって可能となった。
さーて、どんな小説ができあがるのかなと
期待したぼくに手渡されたのは、
主人公の自分と妹による、
萌え萌えライトノベルだった。
電撃文庫

シノゴノ言わずに
私に甘えて
いればいいーの！
旭 蓑雄
画 なたーしゃ
家に帰れば、君がいる。
忙しすぎる貴方を癒やす、
押しかけ甘々コメディ。
お隣のシノさんは、なぜだかワーカホリックな俺の世話を焼こうとしてくる。温かくて美味しいごはんの用意に、汚れ一つ見逃さない掃除洗濯。あまつさえ、膝枕に添い寝まで……。
「家で仕事なんてしちゃ駄～目。拓務は何もしなくていいの！ 私にだらしなく甘えて快楽を貪っていればいいんだから」
仕事がしたい俺にとっては厄介者でしかなかった。だけど最近、シノさんの待つアパートに帰ることを、どこか楽しみにしている自分もいて……。
電撃文庫

妖姫ノ夜
ヨウキノヨル
月下ニ契リテ幽世ヲ駆ケル
渡瀬草一郎
illustration.こぞう
実力派作家が紡ぐ
異色の異世界ファンタジー！
妖の姫君と
体術無双の少年が織り成す、
大正伝奇浪漫！
電撃文庫